D1338154

Tanneke Wigersma

Mijn laatste dag als genie

AMSTERDAM · ANTWERPEN
EM. QUERIDO'S UITGEVERIJ BV
2007

www.queridokind.nl

Omslagontwerp Suzanne Hertogs

ISBN 978 90 451 0565 9/NUR 285

Voor mijn vader,
die me op de wereld gezet en gehouden heeft

En voor die andere twee rotsen in de branding,
Janneke en Hanneke

Deel 1

Fay staat voor het grote gebouw met de hoge ramen en de dubbele deur. Het Stedelijk Lyceum. Ze stapt, zoals elke schooldag, over de drempel.

Het eerste dat opvalt is de weeë geur van het linoleum dat op de vloer ligt. Vooral als de zon erop brandt ruik je het de hele dag.

Deuren klappen open en dicht en het kopieerapparaat warmt zichzelf op.

Leerlingen en leraren lopen langs haar heen. De school is een bijenkorf met in en uit zoemende bijen. IJverig in praten, spijbelen, leren en voorgekauwde antwoorden geven.

Fay zingt zacht met haar muziek mee terwijl ze de school binnen loopt.

'Seht ihr mich.'

De gangen zijn lang, de ramen zijn zo hoog dat er wel licht maar geen buiten naar binnen komt. De lokalen houden de zweetlucht vast voor de eerste die het lokaal opendoet.

'Versteht ihr mich.'

Fay draagt een zwarte jurk, zwarte tas, zwarte kistjes en zwarte lipstick. Ze hoort bij een groepje dat ook zwart draagt en samen zijn ze gothic. De zwartdragers zijn maar een minderheid op het lyceum, maar Fay vindt het fijn om niet bij de grote massa te horen. Tot de grote massa behoren de anderen en die kijken naar haar. Ze vindt het fijn opgemerkt te worden.

'Fühlt ihr mich.'

Toen Fay een brugpieper was zat ze bij de grijze muizen. Een verzamelgroep waar bijna alle brugklassers in belanden en waar ze ook in blijven steken. Een veilige plek voor hetzelfde-denkers, met weinig gepest en minder kans op een beurt tijdens de les. Maar het is erg saai in die groep.

Fay had al snel door dat zij zo niet kon zijn en nam na enkele weken in de brugklas een dramatische beslissing. Ze kwam naar school in een jurk van zwart kant en ze werd meteen verstoten door de grijze muizen. Nadat ze een paar dagen alleen in de gang had rondgezworven, klonterde zij met wat zwartdragers samen en een nieuwe groep was geboren. De groep waarin Fay zich thuis voelt.

Naast Fay lijkt Meije een gewoon meisje, een grijze muis misschien. Onopvallend gekleed, blond, gewoon postuur. Ze is niet populair, want als ze in de gang staat komt er niemand naar haar toe. Ze is geen nerd, want ze weet niet meer dan een ander, en ze is geen ballet-en-paardmeisje omdat ze niet op ballet en op paardrijden zit.

En toch is Meije geen grijze muis, want iedereen ziet haar. Iedereen weet haar naam. En als ze praat is het stil in de klas. Ze heeft een rust waar niemand omheen kan.

Meije hoort niet bij een groep. Ze heeft een eiland. Haar eigen kleine eiland, vanwaar ze verbaasd naar de anderen kijkt. Hoe ze naar elkaar toe en van elkaar af bewegen.

Alleen Fay weet waar het eiland Meije ligt. Fay hoort bij Meije. Al heel lang. Al vanaf de kleuterschool.

'Hoi.'

Meije schrikt op.

'Je ziet me toch lopen?' Fay haalt haar oordopjes uit haar oren en geeft Meije een zoen. 'Gefeliciteerd.'

'Dank je. En bedankt voor je kaart.'

'Je cadeau krijg je vanavond.' Fay duwt Meije de toiletten in. Hun voetstappen klinken hol op de rood met witte tegelvloer. Zo kaal als het gebouw is, zo vol staan de deuren van de toiletten, met teksten als:

De hel is vol, daarom ben ik weer hier

Zolang er drank is heb ik geen drankprobleem

Richa wil neuken: 0672345189

Twee spiegels. Twee wasbakken waarvan er één met een kraan die het al niet deed sinds Meije en Fay in de brugklas begonnen.

Meije drinkt water. Met een natte hand strijkt ze over haar hals en kijkt dan in de spiegel naar haar gezicht, dat de kleur heeft van onbeschreven papier.

Fay trekt haar lipstick als een cowboy zijn pistool. Ze schuift hem open en trekt de stift over haar zwarte lippen. Hij laat de glans van een natgeregende olijfzwarte naaktslak achter.

'Hoe vaak doe je dat?'

'Zo vaak als het nodig is.'

'Weet je nog, dat we vroeger een lijst hadden?'

'Geen lipstick, geen naaldhakken en geen vriendjes met een baard,' zeggen Fay en Meije tegelijkertijd.

'Toen waren we acht. Of negen.' Fay trekt een stukje wc-papier van de rol en drukt het tegen haar lippen.

'Het is nu alleen nog wachten op een baard.'

'Never,' zegt Fay.

Op dat moment begint het achter de dichte deur te klateren. Meije en Fay gluren onder de deur door. Op de vloer staan een paar degelijke schoenen.

De waterval houdt op, druppelt na en wordt dan doorgespoeld. De deur klapt open en de docente biologie stapt de wc uit. Meije en Fay drukken zich tegen de muur, zodat ze bij de wasbak kan met de kraan die het doet.

'Goedemorgen, dames,' zegt de docente biologie. Met haar aanwezigheid vult ze de hele ruimte. Ze wast haar handen en verlaat wapperend de toiletruimte omdat er geen handdoeken zijn.

Fay barst in lachen uit. 'Ik dacht dat er een paard aan het piesen was!'

'Twee paarden.'

'En het was een ouwe koe!'

'Maar nu serieus,' zegt Meije en ze haalt een lipstick uit haar broek. Ze draait hem open en trekt een spoor van rozenblaadjes over haar open mond. Zachtjes wrijft ze haar lippen over elkaar, zodat de kleur gelijkmatig verdeeld wordt.

'Jij en lipstick?' zegt Fay.

'Je mond hangt open tot op je knieën,' zegt Meije.

Fay perst haar lippen op elkaar. Ze pakt een kohlpotlood uit haar zak en tekent de dikke zwarte lijnen om haar ogen bij. Ondertussen gluurt ze naar haar vriendin.

'Hoe staat het?' vraagt Meije.

'Mooi. Dat zei ik toch? Ik dacht dat je het vies vond.'

'Vind ik ook.'

'Waarom doe je het dan?'

'Op een dag moet je met de grote massa mee.'

De bel gaat en even trilt het lyceum.

'Kom, grote massa,' giechelt Fay.

'Waar heb jij les?'

'11 B.'

Ze lopen samen de gang op, dieper de school in.

'Het is rood.'

'Wat?'

'Jouw cadeau is rood,' zegt Fay.

'Aha,' zegt Meije. 'Een blauwe onderbroek?'

'Haha.'

'Onafwasbare lippenstift die de rest van mijn leven blijft zitten?'

'Nee.'

'Haarverf? Een kers voor op de taart?'

'Nee. Je raadt het toch niet. Heb je alles?'

'Ja.'

'Heb je er zin in?'

Meije haalt haar schouders op.

'Je bent toch jarig!'

'Ik voel me niet jarig.'

'Hm,' zegt Fay. 'Dit vraagt om actie.' Ze blijft staan en draait zich om. 'Kom.'

'Wat ga je doen?' Meije loopt achter Fay aan.

'IJs eten.'

Fay geeft haar een arm. 'En jij gaat mee. Zeg, als je dan toch lipstick op hebt mag je best wat vaker lachen, hoor.'

De buurmeisjes staan in hun koude-tepeltruitjes onder de appelboom, terwijl de buurjongens over de schutting hangen en proberen op hun vingers te fluiten. Ze zijn even oud als zij, maar zeker te jong. De meisjes praten giechelend over de bijna-mannen uit de examenklas.

De muggen dansen boven de vijver en duizend waxinelichtjes flakkeren als sterren in de tuin.

Meije staat in de keuken. Ze snijdt plakken leverworst en legt ze bloemsgewijs op een bord.

'We zouden geen vlees moeten eten,' mompelt ze.

Klontje, de rode kater, komt binnen, springt op en hangt als een dikke klont aan de rand van het aanrecht. Vandaar zijn naam.

Meije duwt hem weg, snijdt een stukje voor hem af en geeft het aan hem.

'Er ligt ook nog camembert in de kast.' Mieke staat in de deuropening naar de woonkamer. Ze heeft een vest aan. Uit haar zak steekt de afstandsbediening van de televisie. In haar hand houdt ze twee lege wijnglazen.

'Jullie zouden in de kamer blijven,' sist Meije. Ze wil haar moeder de keuken uit duwen maar ze heeft het mes nog in haar hand.

'Rustig maar,' zegt Mieke, en wijst naar het mes. 'Ik wil alleen wat water. Ben zo weer weg.'

Terwijl ze een glas onder de kraan houdt werpt ze een blik naar buiten. 'Geen jongens?'

'Daniël wilde niet komen als hij de enige jongen zou zijn.'

13

'Dan had je Sander toch kunnen vragen?'

'Ja, dáág.'

Mieke pakt een plak leverworst.

'Binnenkomen!' galmt buiten de stem van de buur-vrouw over de achtertuinen.

De hoofden van de buurjongens verdwijnen achter de schutting.

'Je moet een muziekje draaien,' zegt Mieke met haar mond vol.

Meije zucht.

'Ik ga al,' zegt Mieke, maar ze blijft staan. 'Ik ben blij dat het beter met je gaat...' Dan draait ze zich om en verdwijnt naar de woonkamer, waar ze met papa achter dichte gor-dijnen naar hun favoriete serie kijkt.

'Het gaat niet beter,' mompelt Meije. 'Ik vertel gewoon niet alles meer.' Ze pakt een stuk jonge kaas uit de koel-kast en ritst met het mes de verpakking er af.

Er komt iemand de keuken in lopen. Fay. Ze draagt een lange zwarte jurk met kanten handschoenen.

'Ik heb een gedicht voor je,' zegt ze. 'Je vindt hem vast leuk. Komt ie:

Weet je nog van toen in de schuur?
Ik miste je mond en kuste de muur.'

'Da's een goeie,' zegt Meije. 'Kun je hem in het Engels ver-talen? Ik moet morgen een gedicht inleveren.'

Ze snijdt de kaas in pakzame brokken.

'Do you remember?
Do you remember it all?
I missed your lips and kissed the wall.'

Meije klapt. Fay buigt.

'Je moet Engels gaan studeren,' zegt Meije.

'Lever maar in. Kijken wat hij zegt. Kom je nog naar bui-ten?'

'Straks is er te weinig.'

'Er is genoeg voor een heel weeshuis,' zegt Fay. 'Kom.' Ze trekt Meije mee.

Als ze de tuin in komen zijn de buurmeisjes bijeengeklit en beginnen luid 'Lang zal ze leven' te zingen.

Meije is vijftien geworden.

De borden zijn opgestapeld, de meisjes zijn naar huis, de buurjongens gluren niet meer naar buiten en de waxinelichtjes zijn opgebrand. De gordijnen zijn weer open en Meije en Fay zitten in het schijnsel van het huiskamerlicht in het gras.

Meije gaapt. Fay legt iets op haar schoot. Het is ingepakt in een lap fluweel met een lint erom.

'Mijn rode cadeau,' zegt Meije. Ze trekt de strik los, wikkelt de stof af en dan heeft ze een rood boek in haar handen.

'Wat mooi,' zegt ze. Ze aait met haar vingers over de gladde bloedrode kaft.

'Om je gedichten in op te schrijven.'

De bladzijden zijn leeg en wit als sneeuw.

Meije kust haar vriendin op haar wang. Fay ruikt naar parfum en leverworst.

'Hij is echt mooi.'

'Vond ik ook. Wat is de lente toch fijn,' verzucht Fay, en ze gaat in het gras liggen.

De meeuwen zeilen mee op de luchtstromen naast de boot. Ze blijven dicht in de buurt voor het geval iemand vergeet dat ze niet gevoerd mogen worden.

Het haar van Fay wappert als een zwarte vlag met een groene en een blauwe glans. Ze zit met haar gezicht naar de zon, haar ogen tot spleetjes dichtgeknepen.

Meije zit met haar rug naar de zon, met opgetrokken knieën het rode boek te voeden met zwierige letters.

'O, woeste golvenzee,' declameert Fay luid. Ze probeert

mee te kijken, maar Meije schermt de bladzijde af met haar hand.

'Ik lees het wel als de bundel af is.'

De meeuwen krijsen en Fay zucht als een Victoriaanse vrouw van wie het korset te strak zit. 'Ik wou dat Floor hier was.' Want Fay is op Floor.

'Je moet hem gewoon bellen.'

'Gewoon?'

Fay zucht. Voor het eerst kan ze zich voorstellen dat ze iemand zoent. Geen kus op de mond, maar met de tong. Ze heeft er zelfs aan gedacht hoe het zou zijn om met hem naar bed te gaan. Met piemel en alles.

In de film ziet het er altijd mooi uit als twee mensen elkaar zoenen. Hij is knap, zij is knap, en ze weten allebei wat ze moeten doen. Maar als er zo'n naar bier ruikende, onhandige jongen voor je staat die ook nog zichtbaar staat te zweten, is het toch anders. Fay huivert van zweet, maar bij Floor niet. Zijn zweet ruikt zoet. Ze zou zijn kleren wel van zijn lijf willen scheuren. En niet alleen omdat hij knap is, ook omdat ze zich prettig bij hem voelt. Hij geeft haar het idee dat ze goed is zoals ze is.

'Stel dat hij mee zou zijn,' mijmert Fay, 'dan ontmoeten we elkaar 's avonds in de duinen. Jij slaapt. Eerst wandelen we over het strand en praten we over van alles en nog wat, tot hij me ineens vreselijk begint te kietelen.

Ik ruk me los en ren weg. Ik kan veel harder rennen dan hij maar ik struikel zogenaamd over de zoom van mijn rok.'

'Zwak,' zegt Meije.

'Als hij me niet inhaalt, dan komen we natuurlijk nergens,' zegt Fay. 'Ik val in het warme zand. Nu ben ik een makkelijke prooi. Hij gaat boven op me zitten en kietelt me in mijn zij, onder mijn oksels. Ik giechel en ik gil. Maar niet te hard natuurlijk.' Fay kijkt of Meije lacht, maar Meije houdt haar gezicht strak.

'Hij is heel dichtbij. Zijn haren raken mijn wang.

Als we elkaar aankijken, stop ik met lachen en hij met kietelen. Ik kijk in zijn ogen. Hij kijkt in die van mij. En dan kust hij mij. Zacht.

En dan kust hij me weer, maar nu laat ik mijn mond open. Zijn tong glijdt naar binnen en speelt met de mijne. Hij smaakt net als hij ruikt. Zoet. Ik word er draaierig van.'

Fay kijkt snel om zich heen. De vrouw naast hen leest een tijdschrift.

'Hij gaat boven op me liggen en kust mijn haar, mijn gezicht, maar dan dwaalt zijn mond af. Langs mijn hals naar beneden heeft hij zo mijn borsten gevonden.

Ik streel zijn rug. Ineens gaat hij overeind zitten. Ik schrik. Ik ben bang dat ik iets fout heb gedaan, maar hij trekt alleen zijn T-shirt uit. Zijn huid glanst in het maanlicht. Hij lacht en zijn lachende gezicht komt dichterbij.

Mijn handen dwalen over zijn gladde en sterke rug, die nog gloeit van de zon. Zijn handen schuiven onder mijn hemdje...'

'Nou nou,' zegt Meije.

'... maar ik duw hem weg. Hij kijkt geschrokken, misschien heeft hij iets verkeerds gedaan?

Ik trek mijn hemdje uit en gooi het weg. Mijn tepels begroeten hem uitbundig. Het maakt hem blij. Ik voel hoe blij het hem maakt.

Ik ga weer in het warme zand liggen met hem op me. Voor elke hand een borst. Hij likt mijn keiharde tepels en...' Ze kijkt om zich heen, haar wangen zijn zo rood als appels. 'Ik laat mijn hand langs zijn zij, in zijn kruis glijden. Daar, in zijn broek, steigert zijn penis.'

Meije slikt. De vrouw naast hen leest al heel lang dezelfde bladzijde.

'Hij bijt zachtjes in mijn tepels en ik knijp zachtjes in zijn pik.'

Ze giechelen. 'En we zijn nog maar bij het begin. Hij kust mijn borsten. Hij kust mijn buik. Hij steekt heel even het puntje van zijn tong in mijn navel, terwijl zijn hand mijn rok omhoogschuift en een natte speelplek voor zijn vingers vindt.'

Boven hun hoofden drijven de wolken en de meeuwen mee op de wind.

'Hier laat ik het bij,' zegt Fay.

De vrouw met het tijdschrift zucht.

'Regelrechte porno, Fay,' zegt Meije.

'En dan heb ik nog niet eens verteld wat we daarna gaan doen,' zegt Fay opgewekt. 'Hoe hij zichzelf in mij laat glijden en...'

'Ja ja,' zegt Meije.

'Nee echt. Ik voel me anders. De dingen die ik vroeger vies vond, zijn nu de dingen die ik het liefste zou doen. Mijn lichaam is anders. Het schreeuwt om seks.' Ze rekt zich uit. 'Ik voel me... niet lachen.' Dan fluistert ze: 'Ik voel me een vrouw worden.' Ze kijkt naar Meije. 'En... ben jij al een vrouw?'

'Tss,' zegt Meije, 'dat gedoe tussen jongens en meisjes. Ik wou dat ik onzijdig was.'

'Meen je dat?'

'Ja,' zegt Meije, 'beide kampen stellen zich aan. Ik zou niet eens kunnen kiezen.'

'Jij moet gewoon weer eens verliefd worden!'

'Ik moet gewoon weer eens een stuk chocola.'

'Chocola!' zegt Fay. Ze pakt haar portemonnee uit haar tas. 'Als jij op mijn tas let, dan ga ik wat halen.'

'Oké.'

Fay loopt weg. Meije buigt zich diep over haar boek.

'Het is zo fijn om jong te zijn,' zegt de vrouw naast haar. Ze heeft haar tijdschrift op schoot gelegd. 'Zijn jullie met vakantie?'

'Cadeau van mijn ouders voor mijn verjaardag,' zegt Meije en ze doet het rode boek dicht.

De vrouw wijst naar het boek. 'Zo'n dagboek is leuk om later terug te lezen. Het is onvoorstelbaar hoeveel je vergeet in de loop der jaren. Je vergeet hoe het was om jong te zijn in een jong lichaam. Pas als je ouder wordt ga je dat begrijpen. Geniet maar van nu en bewaar je herinneringen goed.' Ze pakt haar tijdschrift op en leest verder.

De veerboot meert aan en Fay en Meije lopen de wal op, samen met de andere reizigers.

'We moeten met de bus,' zegt Fay.

Meije loopt achter Fay aan naar de bushalte. Ze ploffen neer op een bankje. De rugzakken laten ze in het stoffige zand vallen.

'Volgens de reisplanner komt hij zo.'

Meije staart naar de straatstenen.

Ineens staat er een roodharig jongetje naast hen. Hij kijkt naar Fay. 'Jouw lippen zijn zwart,' zegt hij.

'Dat is lipstick.'

'Lipstick is rood,' zegt het jongetje. 'Mijn moeder heeft altijd rood op. Vind ik saai. Zwart is veel mooier.'

'Dat vind ik ook,' zegt Fay, 'en ik heb ook een saaie moeder.'

'Ik heb een beer,' zegt het jongetje. Hij houdt een smoezelige beer omhoog.

'En ik heb kanaries in mijn hoofd,' zegt Fay.

Voor het jongetje kan reageren wordt hij meegetrokken door zijn vader.

'De jeugd van tegenwoordig weet wat mooi is,' zegt Fay. 'Nu mijn moeder nog. Ze zegt dat anderen mijn make-up niet zullen begrijpen. Zoals mijn oma. Maar mijn oma is blind! De enige die vindt dat ik er gek uitzie is mijn moeder. En het zou toch niet uit moeten maken hoe ik eruitzie? Als ik maar gezond ben en goede cijfers haal.'

Fay bekijkt de jongens die bij de bushalte zijn komen staan. Ze dragen instappers. Niet Fays type.

'Zeg eens wat.' Ze stoot Meije aan.

Meije haalt haar schouders op.

'Jouw moeder zeurt niet,' zegt Fay. 'Ze vraagt ook niet

steeds waarom je iets draagt. Waarom die kleur. Waarom die laarzen.'

Meije heeft tranen in haar ogen.

'Wat is er?' vraagt Fay.

'Ik wil naar huis,' zegt Meije.

Meije duwt haar half opgegeten gebakken ei weg. Mieke schuift het bord weer terug. 'Je moet eten.'

'Misselijk.'

Mieke zucht. 'Misschien moet je eens met iemand gaan praten?'

'Omdat ik niet op Terschelling wilde blijven?'

'Je eet slecht. Net als toen je naar de brugklas ging.'

'Daarom ga ik toch naar de huisarts?'

'Maar als hij geen lichamelijke oorzaak vindt, dan wil ik dat je met de schoolpsychologe gaat praten. Ik wil niet weer van die toestanden.' Mieke staat op en pakt een appel. 'Neem anders wat yoghurt. Beloof me dat je nog iets zult eten.'

'Dáág.'

'Dag lieverd.'

Mieke loopt de gang door en de voordeur uit. Appel etend gaat ze op de bus staan wachten.

Meije schuift het overgebleven gebakken ei met brood in de vuilnisbak. De appelboom is weer helemaal groen. De buurjongens zijn aan het trampolinespringen. Hun hoofden schieten boven de schutting uit, hun blonde haar waaiert uit tegen de blauwe lucht.

Met een dof gebons komt Sander de trap af en valt de keuken binnen. Hij heeft niet gedoucht, maar ter compensatie heeft hij een luchtje opgespoten. Zijn haar staat overeind als de stekels van een egel.

'Heb jij vrij?' Sander trekt de koelkast open en pakt er een fles frisdrank uit. Sander is lang, maar hij krimpt als hij met iemand praat die kleiner is. Zodra hij voor Meije staat, wachtend op een antwoord, is hij vijftien centimeter geslonken.

Meije schudt haar hoofd.

De oudste buurjongen maakt een salto. Zijn blote voeten lijken de zon te kietelen.

'Wij moeten ook een trampoline,' zegt Sander.

'En dan niet meer naar school,' zegt Meije.

'Precies,' zegt Sander. Hij ritst een banaan open en propt hem in één keer in zijn mond. 'Doei,' zegt hij met volle mond en stampt door de keuken naar buiten. Hij grist zijn fiets uit de schuur en weg is hij. Als hij de stoplichten mee heeft is hij nog net op tijd om als laatste het eerste uur binnen te lopen.

Papa komt al lezend de keuken binnen. 'Goeiemorgen,' zegt hij. Hij is altijd te laat, maar zijn tempo blijft ongewijzigd rustig. Hij pakt de laatste banaan. 'Wil jij hem?'

'Nee,' zegt Meije.

Hij stopt de banaan in zijn tas, rinkelt met zijn autosleutels en kijkt dan naar haar. 'Dag dochter van me.'

'Je laat ze niet te hard werken, hè?' zegt Meije.

'Wie?'

'Je leerlingen.'

'Nooit,' zegt hij en loopt naar de auto.

En dan zijn ze allemaal weg.

Een bromvlieg stoot zijn kop tegen de ruit en vliegt brommend in de rondte. Als hij de blauwe lucht weer in het vizier heeft, vliegt hij vastbesloten rechtdoor. Maar de lucht blijft hard. Een wonder dat ook vogels kan verrassen.

Tollend van de koppijn blijft hij het proberen, tot hij uiteindelijk uitgeput in de vensterbank valt, met zijn pootjes omhoog.

Niemand die hem ziet. De leerlingen zitten voorovergebogen over hun boeken en de docent leest de krant. Fay zit verborgen achter een waterval van zwarte haren.

Meije komt de klas binnen en schuift op de lege plek naast Fay.

'Waar was je?' fluistert Fay.

'Bij de dokter.'

'Alweer?'

'Hij had de uitslag van het bloedonderzoek.'

'Dan had je toch kunnen bellen?'

'Hij wilde meteen afscheid nemen. We krijgen een nieuwe huisarts, want hij verhuist naar het noorden.'

De docent legt zijn krant neer. 'Kunnen jullie het gesprek staken of het vervolgen op de gang?'

Meije schrikt. Fay krabbelt in haar schrift en duwt het Meijes kant op. *En?*

Meije schrijft terug. *Bloedarmoede.*

O, dat is niet zo erg. Ga je volgende week zaterdag mee naar een optreden in Duitsland? Vlak over de grens.

Meije bijt op haar pen. *Eerst beter worden. Ik ben echt heel erg moe.*

Hij is knap, hè? krabbelt Fay.

Wie?

Meneer Arjen.

Huh?

Fay lacht. *Floor natuurlijk. Meneer Arjen is homo.*

Ik denk het niet. Schrijft Meije terug.

Waarom niet?

Daar moet Meije even over denken. *Hij ruikt niet lekker,* schrijft ze dan.

Hoe weet jij dat?

Ik stond gisteren naast hem. Hij ruikt naar een muf portiek.

Fay giechelt. *Dan kan hij toch wel homo zijn?*

Bewust vrijgezel in ieder geval.

Hij is homo, vrijgezel en hij heeft een kind dat hij per vergissing verwekt heeft op een zwoele nacht. Dronken.

Meije schudt haar hoofd. *Toe maar. Nou, dat kind zit natuurlijk hier op school.*

Daniël lijkt op hem. Zelfde zwarte haar.

Hij is altijd zo superaardig tegen Daniël...

Precies. Fay krabbelt zo snel dat het papier ervan kreukelt.
   Op een schoolfeest is hij weer dronken. Het is weer een zwoele nacht en dan zoent hij met een jongen, maar dat is dan wel zijn zoon!

Gadver!

Jij wou zeker dat hij geen homo was... Fay gluurt naar Meije.

ZUCHT, *ik hoef niet verliefd te worden!*

Je bent al heel lang niet meer verliefd geweest!

Meije kauwt op haar pen. Ze schrijft het gedicht op dat ze eerder geschreven heeft:

Niemand brengt een bos met bloemen
Niemand staat er blozend bij
want Niemand,
Niemand is verliefd op mij

Meije ziet dat Fay haar wenkbrauwen fronst. Dan buigt ze haar hoofd en vloeit haar haar weer over het papier uit. Op dat moment gaat de bel. Fay springt op. 'Pauze! Misschien is hij wel in de kantine!'

'Wie?'

'Floor natuurlijk!'

Fay pakt haar tas in en wacht ongeduldig tot Meije ook klaar is. Ze lopen het lokaal uit en giechelen als ze meneer Arjen passeren. Fay loopt voor Meije uit door de overvolle gang. Er botsen leerlingen tegen haar aan en zij botst terug. Zo laat ze voor Meije een gebaand pad achter.

Ook de kantine is vol. Er wordt gepraat en geschreeuwd. Scholieren zitten op de tafels en tegen de muur op de grond. Of ze wippen op hun stoelen terwijl ze patat eten.

Fay scant de ruimte. 'Floor is er niet. Ik neem een kroket, en jij?'

'Eh... ik ook,' zegt Meije.

Ze gaan in de rij voor de kantinekeuken staan.

'Zie ik er goed uit?' vraagt Fay. Ze neemt een uitdagende pose aan.

'Prima,' zegt Meije.

'Ik bedoel niet als vriendin maar als vrouw. Eerlijk zeggen.'

'Je bent een lekker ding,' zegt Meije.

'Mooi.'

Als ze hun kroket op een kartonnetje hebben gaan ze aan een net verlaten tafel zitten. Meije scheurt het mosterdzakje open en knijpt de zandgele saus uit over haar kroket. Tot ze merkt dat Fay haar aan zit te staren.

'Wat kijk je?'

'Je neusgaten.'

Meije gooit het zakje met een boog naast de afvalbak. 'Hè?' zegt ze. Ze staat op, raapt het zakje op van de vloer en gooit het alsnog in de afvalbak. Ze gaat weer zitten en pakt de kroket tussen duim en wijsvinger. Als ze een hap wil nemen ziet ze dat Fay nog steeds naar haar kijkt.

'Je deed het weer,' zegt Fay.

'Wat?'

'Je neusgaten gaan op en neer.'

Meije drukt haar neus naar beneden, waardoor haar neusgaten wijd opengaan. Ze doet het een paar keer. 'Dat?'

'Ja, dat,' zegt Fay. 'Waarom doe je dat? Je lijkt wel een konijn, man.'

Meije haalt haar schouders op.

'Ik ken niemand die dat doet,' zegt Fay.

'Ik ken ook niemand die eerst allemaal gaten in de bovenkant van zijn kroket knaagt.' Meije wijst naar de kroket van Fay. In de bovenkant van de korst zitten drie gaten.

'Anders is ie zo heet.'

'Krokettenairco.'

'O jee.'

Er komen twee jongens de kantine binnen. Ze dragen allebei zwarte kleren, maar dat is de enige overeenkomst tussen de twee. Floor is lang en dun, terwijl Daniël kort en mollig is.

Ze slenteren naar de tafel van Fay en Meije.

'Haai,' zeggen de jongens.

'Haai,' zegt Fay terug.

'Hoi,' zegt Meije.

'Ga jij nog naar het optreden?' vraagt Daniël aan Fay.

'Natuurlijk.'

'Cool,' zegt Floor.

'Ja, echt wel.'

'Ik moet even roken,' zegt Floor. Hij haalt een hand vol ringen door zijn lange zwarte haar.

'Ik ga mee,' zegt Daniël. 'Dag meisjes.' Hij werpt een blik op Meije.

'Dag jongens,' zegt Fay.

'Dáág,' zegt Meije.

Ze kijken hoe Floor en Daniël de kantine uit lopen.

'Ik bloosde toch niet, hè?' vraagt Fay als de twee buiten stembereik zijn. 'Ben ik rood?'

'Nee. Ik dacht dat je Floor zou vragen om samen te gaan?'

'Daniël vroeg het toch al. Shit.'

'Je kroket wordt koud.'

'Geen honger meer,' zegt Fay. Ze zakt dramatisch onderuit in haar stoel.

'Ik ook niet,' zegt Meije en ze gooit de kroket met een sierlijke boog recht in de afvalbak.

Fay staat huilend in de keuken. Ze snijdt uien.

'Ben ik doorgelopen?'

Haar moeder kijkt naar haar gezicht. 'Is dat dan niet de bedoeling?'

'Tss.'

Haar moeder maakt haar vinger nat in haar mond en veegt wat uitgelopen mascara weg.

'Getver.'

'Nou, je hebt in mijn buik gezeten hoor. Zo moet het goed zijn.'

Fay kijkt in een lepel. Het zit goed. Met de lepel wil ze de ui in de pan schuiven.

'Hier staat een bakje.'

Op het aanrecht staan vier bakjes klaar. Eén voor de ui. Eén voor de champignons. Eén voor de paprika. En één voor de blokjes tomaat.

Fay schuift de gesnipperde ui in de pan. Ze zet de pan op het aanrecht en snijdt de schijfjes champignon erin. Ze hakt snel de tomaten fijn en roert ze door de ui en de champignons. Zonder de pitjes te verwijderen, snijdt ze de paprika's erbij.

'Zo.'

Haar moeder zucht. Ze haalt de bakjes weg. 'Het is niet echt handig,' zegt ze en wijst naar de pan. 'Ui en paprika moeten langer op het vuur staan en.... '

'Dat is een kwestie van opvatting.'

Fays moeder zet hoofdschuddend de pan op het vuur. 'Zitten er nog leuke jongens bij jou in de klas?'

'Gaat je niks aan.'

'Je hebt al heel lang geen vriendje meer gehad. Edwin was leuk.'

'Edwin had wandelende takken.'

'Ik zou het zo leuk voor je vinden. Wat vind je van de buurjongen?'

Fay gooit het mes neer en beent de keuken uit.

'Ik kan ook niks zeggen!' roept haar moeder haar na.

Fay stampt de trap op naar haar kamer. Het eerste wat ze doet is muziek aanzetten. Pas dan smijt ze haar kamerdeur met een klap dicht.

'Wake me up inside.

Call my name and save me from the dark inside.'

Fay zingt mee. Ze graait naar het pakje in haar tas. Floor heeft het haar gegeven.

'Save me from the nothing I've become.'

Onhandig steekt ze een sigaret op.

'Roken moet je leren,' had Floor gezegd. 'En het staat je goed.'

'Bring me to life,' zingt Fay kuchend.

De kanaries in haar hoofd zingen niet mee. Ze kwetteren schril door elkaar heen.

Niet doen.

Je moeder wordt boos.

Roken is slecht.

Stop! roepen ze.

Maar Fay wuift haar gedachten weg. De kanaries kruipen ontevreden bij elkaar op hun stok. Met hun vleugels voor hun snavel, zodat ze niks kunnen ruiken.

27

Fay zuigt de rook naar binnen. Het tintelt, maar ze kan haar hoesten inhouden en blaast uit.

Meije pakt een cracker. Ze breekt hem in tweeën, gooit de ene helft weg en verkruimelt de andere helft op haar bord. Klontje springt op de tafel en valt met zijn neus in de boter. Hij begint te likken. Meije aait zijn wollige vacht. Zodra ze voetstappen op de trap hoort pakt ze hem op en zet hem weer op de grond.

Mieke komt de keuken binnen. 'Ah, je hebt al gegeten. Wat ga jij vandaag doen?'

'Ik ga naar Fay.' Meije staat op.

'Komt ze niet hier?'

'Ze heeft huisarrest.'

'Wat heeft ze gedaan dan?'

Meije haalt haar schouders op.

'Doe haar de groeten.'

'Oké,' zegt Meije en ze loopt door de achterdeur naar de schuur. Haar fiets staat achteraan. Ze pakt de fiets van Mieke. De standaard schiet los en sleept schurend over de vloer. Meije vloekt. Hijgend duwt ze de standaard terug. De fiets is zwaar. Ze laat hem tegen de andere muur van de schuur vallen.

De volgende is de racefiets van Sander. Die is licht, maar het kost haar toch moeite.

Als ze weer op adem gekomen is pakt ze haar eigen fiets en loopt de schuur uit.

Op het fietspad wordt ze door meerdere bellende stelletjes gepasseerd. Ook wordt ze ingehaald door een hommel.

'Hé,' zegt ze tegen hem, 'jij gaat snel.'

De hommel slaat af.

'Maar ik kan niet vliegen.'

Meije nadert de tunnel die haar wijk met die van Fay verbindt. Ze sluit haar ogen en stopt met trappen. Zo zoeft ze de tunnel in en heeft ze genoeg vaart om er weer uit te zoeven zonder te trappen. Net alsof ze vliegt.

Als ze haar ogen opendoet is ze in de villawijk aan de rand van de stad. Daar, tegenover het park, woont Fay.

Meije fietst de oprijlaan op en zet haar fiets tegen de muur van de garage.

Fay heeft staan wachten, want ze doet meteen open. 'Ik ben zo blij dat je er bent.'

'Waarom heb je huisarrest?'

'Ik had gerookt en daarom mocht ik niet naar het optreden,' fluistert Fay. 'Toen heb ik gewacht tot ze sliepen. Eerst heb ik mijn tas naar beneden gegooid en blijkbaar heeft de hond van de buren dat gehoord. Hij blaffen. Buren wakker. En die hebben...'

'Dag Meije.' Fays moeder komt de gang in lopen. 'Laat haar niet zo op de stoep staan,' zegt ze tegen Fay. 'Ik heb thee.'

Fay laat Meije binnen.

'De buurman heeft de politie gebeld,' fluistert Fay, 'dus toen ik via de boom naar beneden geklommen was stonden er twee agenten in de tuin op me te wachten. Mijn vader was kwaad!'

Ze lopen de hal door. In de woonkamer staat Fays moeder met het theeblad.

'Mogen we de thee mee naar boven nemen?'

'Ik wil je voorlopig niet meer beneden zien. Meije, wil je Mieke bedanken voor de kaart die ze heeft gestuurd?'

Meije knikt. Ze pakt het theeblad vast en loopt achter Fay aan naar boven.

'Mijn vader en moeder hebben me wel een uur ondervraagd,' gaat Fay verder. 'Stonden ze daar allebei in hun ochtendjas op hun slippers. En ik zat op de bank in mijn mooiste jurk. Ze waren woedend!'

'Hoe lang moet je?'

'Twee weken voor het roken en nog eens twee weken voor het ontsnappen! Mijn vader wilde eigenlijk twee maanden. En ik had Floor beloofd te komen!'

Meije ploft neer op Fays bank en Fay gaat op haar bed liggen.

'Dus nu zit ik de hele dag te internetten en te lezen. En muziek te luisteren. En te lezen. En muziek te luisteren. Ik verveel me dood. Ik mag niet eens hardlopen.'

'Jij houdt niet van hardlopen.'

'Nou en. Thee?'

'Ja. Hé, ik heb een heel mooi gedicht gevonden. Zal ik het voorlezen?'

Fay schenkt thee in. 'Het is zeker Nederlands?'

'Tuurlijk. Eigen erfgoed eerst,' zegt Meije.

'Het is alsof ik je vader hoor praten.'

'Nee hoor,' zegt Meije, 'dat vind ik zelf ook.' Ze haalt een boekje uit haar jaszak en begint te lezen:

mijn moeder is mijn naam vergeten,
mijn kind weet nog niet hoe ik heet
hoe moet ik mij geborgen weten?

noem mij, bevestig mijn bestaan,
laat mijn naam zijn als een keten.
noem mij, noem mij, spreek mij aan,
o, noem mij bij mijn diepste naam.

voor wie ik liefheb wil ik heten.

Fay zucht. 'Dat is mooi. Kijken?' Ze steekt haar hand uit.

Meije staat op en geeft het haar. 'Maar er staan ook hele nare in, hoor.'

'O, daar kan ik wel tegen,' zegt Fay. 'Ik ga hem overschrijven in mijn agenda.' Ze wipt van haar bed om een pen te pakken. 'Ik heb er zo ook een voor jou.'

'Nederlands?'

'Ja-ha,' zegt Fay. Ze buigt zich over haar agenda.

Meije kijkt uit het raam, de wolken voorbij, het verre blauw in.

'Moet je luisteren,' zeg Fay als ze klaar is met schrijven.
'Drie minuten heet het.

Vingert
met één hand
haar vacht.

Trekt af-
wezig
af.

Klimt in
zijn boompje
en kraait.

'Bah!' roept Meije.
'Wat nou, bah,' zegt Fay. 'Het is maar wat je erin wilt le-
zen.'
'Echt niet. Het is zo helder als... als kraanwater.'
'Leg mij het dan eens uit.'
Meije steekt haar tong uit.
'Volgens mij heeft er hier iemand last van preutsheid.'
Ze giechelen.

Het eindfeest is in de stoffige gymzaal, die voor de gele-
genheid omgetoverd is tot een rokerig, donker hol met
flitsende discolichten. De muziek staat hard. De surveil-
lerende docenten worden genegeerd.

Meije draagt een jurk van Fay en Fay heeft haar opgemaakt met veel zwarte mascara. Meije denkt steeds dat er
iets voor haar ogen hangt, maar dat zijn haar eigen volge-
klonterde wimpers.

'Wat zie je er leuk uit!' schreeuwt Mickey tegen Meije.

'Dank je!' schreeuwt Meije en loopt snel achter Fay aan,
die zich een weg baant door de menigte van opgedofte
scholieren.

'Wat een muts,' schreeuwt Fay.

'Vanavond ga ik zoenen!' schreeuwt Meije boven de muziek uit.

'Ik ook,' schreeuwt Fay terug.

'You go girl!' Ze geven elkaar een high five.

'Dames!' Het is Daniël. Zijn zwarte haar is geknipt, waardoor het niet meer voor zijn blauwe ogen hangt. 'Hé, Meije.'

'Waar is Floor?' vraagt Fay.

'Hij komt niet!'

'Waarom niet?'

'Omdat ze hier alleen maar popmuziek draaien!' schreeuwt Daniël met overslaande stem.

Het gezicht van Fay verandert in een donderwolk.

'Willen jullie wat drinken?'

'Bier!' roept Fay.

'Een biertje!' roept Meije.

Daniël lacht en gaat op weg naar de geïmproviseerde bar.

Pieter komt schoorvoetend binnen. Hij heeft een afzakkende broek en all-stars aan. Aarzelend blijft hij bij de zijlijn staan. Fay stoot Meije aan, maar Meije heeft hem al gezien.

'Wat doe je?' sist Meije in haar oor als Fay uitbundig naar hem zwaait.

'Je vond hem toch leuk?'

'In de eerste klas!'

'Wil je nou zoenen of niet?!'

Pieter komt stralend bij hen staan. Zijn mond gaat open en dicht, maar zijn stem komt niet boven de muziek uit.

'Meije wil met je dansen!' schreeuwt Fay.

Pieter lacht en loopt de dansvloer op.

'Wat nu?'

'Dansen!'

Meije loopt achter Pieter aan de dansvloer op. Haar jurk blijft aan haar benen plakken. Het is even wennen, dat dansen.

Daniël komt terug met drie bier.

'Meije heeft beet!' roept Fay. 'Heb ik geregeld!'

Daniël geeft Fay een biertje.

'Ze wil zoenen!'

'O,' zegt Daniël.

Het is nacht. Meije kijkt naar de sterren en de kringen rook die Fay, tussen de slokken bier door, uitblaast. Ze voelen de grond onder hen trillen van de luide muziek in de gymzaal.

Meije moet giechelen. 'Pieter is zo'n eikel.'

'Nee, Floor is leuk. Als je niet van die muziek houdt, dan kom je toch voor mij naar het feest? Zo kan ik hem nooit aan de haak slaan.'

'Zo'n zwembadhaak. Hihi.'

'Al die moeite die ik heb moeten doen om bij jou te mogen logeren.'

'Hihi, als je vader dit zag. Haha!'

'Je bent dronken,' zegt Fay.

'Echt niet,' zegt Meije, 'ik ben geniaal.'

'Ik niet. Ik heb daar alleen kanaries zitten,' zegt Fay. Ze wijst naar haar hoofd.

'Hihi.'

'Nee, serieus,' zegt Fay. 'Ze praten en zingen de hele dag door over van alles. Ook dingen die ik liever niet zeg. En vooral dingen die ik liever niet hoor.' Ze neemt de laatste slok uit haar blikje.

'Gezellig.'

'Het is maar wat je gezellig noemt.' Fay probeert het lege bierblikje samen te drukken zoals ze de jongens even verderop ziet doen, maar haar lange zwarte nagels zitten in de weg.

Meije gaat voor Fay zitten. 'Ik heb zo'n goed plan. Maar niemand mag het weten.' Ze legt haar vinger op haar lippen. 'Jij ook niet.'

'O,' zegt Fay. Ze blaast de ene kring van rook door de andere heen. 'Waarom mag ik het niet weten?'

'Dat is juist het geniale,' giechelt Meije, 'dat niemand het weet. Eigenlijk vertellen wij elkaar alles. Maar dit niet. Dit mag jij zo ontzettend niet weten.' Ze gaat achterover in het gras liggen. 'Hihi, ik ben een genie. Denk ik. Als het klopt.'

'Als het klopt?'

'Ik weet het nog niet zeker.'

'Nou, dan hoor ik het wel als het doorgaat.'

'Absoluut,' giechelt Meije.

'Kom, we moeten om één uur thuis zijn,' zegt Fay. Ze staat op.

'Ben een beetje dronken,' mompelt Meije. 'Grappig, hè?' Ze komt wankelend overeind.

'Je hebt pas drie bier op!' Fay geeft haar een arm en ze wandelen samen naar hun fietsen.

'We hebben zomervakantie!'

'En huisarrest!'

'Joehoe!'

★

Als papa en Mieke de hele dag op de fiets weg zijn en Sander met zijn vrienden bij de plas rondhangt, blijft Meije thuis om op te ruimen. Kapotte knuffels, oude tijdschriften, kleren die te wijd of niet leuk meer zijn, het gaat allemaal in grote grijze vuilniszakken.

Aan het eind van de dag zijn de bureauladen bijna leeg. Er is weer ruimte onder haar bed en de klerenkast puilt niet meer uit.

Maar het belangrijkste moet nog gebeuren. Ze pakt de vuurkorf uit de schuur en zet hem achterin de tuin op het tegelpad. Uit haar kamer haalt ze armen vol met brieven, dagboeken en schrijfselschriften. Ze maakt van al het papier een padvinderwaardig vuurtje, waar haar vader trots op zou zijn.

34

De kaften smelten, de letters branden en al snel stelt wat eens zoveel was niks meer voor.

Meije pookt het vuur hoog op, zodat er alleen as overblijft. Ze stort de as over de composthoop achterin de tuin en schept er verse aarde overheen. Het tegelpad veegt ze netjes aan. Niemand kan zien dat er een vuur gebrand heeft.

'Zo,' zegt ze.

'Ik was al bang dat je de hele zomer zou lanterfanten,' zegt Mieke als ze terug is van het fietsen en de kamer van Meije bekijkt.

'Nee hoor,' zegt Meije, 'er is zoveel te doen.'

'Je mag best een beetje lummelen, hoor,' zegt papa, die achter Mieke staat.

'Meisjes van jouw leeftijd moeten leuke dingen doen,' zegt Mieke.

'Ik heb morgen met Fay afgesproken.'

'Goed zo.'

'Kan ik helpen?' vraagt de struise boetiekmevrouw die op het geklingel van de deurbel tevoorschijn komt. Ze bekijkt Fay en Meije. 'De McDonald's heeft een toilet,' zegt ze. 'Het is hooguit vijf minuten lopen.'

Meije loopt door de bruidsboetiek vol sprookjesjurken op de vrouw af. 'Ik heb een afspraak,' zegt ze, en ze steekt haar hand uit. Fay komt aarzelend achter haar staan.

'O pardon,' zegt de vrouw, 'u bent juffrouw Vinkevleugel?'

Meije zucht gespeeld. 'Dit heb ik nou altijd. Ik zie er jong uit. Ze zeggen dat het een voordeel is als je er jonger uitziet, maar het is ook lastig. Altijd die vragen.'

'Het spijt me,' zegt de vrouw. 'U ziet er inderdaad erg jong uit.'

Fay staart naar de vloer om niet in lachen uit te barsten. Het liefst zou ze de winkel uit hollen.

'Kunnen we met passen beginnen? Ik heb niet zo heel veel tijd.' Meije doet haar zoetste en vriendelijkste glimlach, waardoor de vrouw ter plekke ontdooit.

'Later zult u blij zijn met uw jeugdige uitstraling,' lacht de vrouw. 'Niemand wil rimpels en grijze haren. Laten we eens wat jurken bekijken. Welke maat heeft u?'

'Achtendertig.'

De vrouw kijkt eens goed naar Meije en schudt haar hoofd. 'Ik denk eerder zesendertig.' Ze loopt naar de tientallen jurken die wachten op inhoud en trekt de ene suikerspin na de andere van het rek.

'Deze heeft een laag decolleté met witte geborduurde margrietjes langs de rand.'

'Dit is een zachtroze jurk, van satijn.'

Ze draait de jurken rond en houdt ze Meije voor.

'Die toch? Fay?' zegt Meije als de vrouw een klassieke, roomwitte jurk laat zien.

Fay knikt met grote ogen terwijl ze hard op haar lip bijt om niet in lachen uit te barsten.

'Als u hem in de kleedkamer aanpast, haal ik iets te drinken. Wilt u koffie?'

'Ja,' zeggen ze tegelijkertijd.

De boetiekmevrouw is nog niet weg of Meije begint te giechelen.

'Niet doen,' sist Fay zonder haar aan te kijken. Ze duwt haar met jurk en al de kleedkamer binnen, die drie keer zo groot is als een gewone paskamer.

Fay gaat op een krukje zitten.

'Niet kijken, hoor.' Meije trekt haar shirt uit.

Fay staart naar het roze behang.

Meije trekt de jurk met kleine pareltjes en een strik achter op de rug aan. Pas dan trekt ze haar broek uit, onder de jurk vandaan. 'Kijk!' zegt ze tegen Fay. 'Net als mijn barbie. Weet je mijn trouwbarbie nog?'

'Ik heb zo gezeurd bij mijn ouders of ik er ook een mocht.'

'Ze was echt mooi.'

De vrouw duikt op achter het zalmroze gordijn dat de kleedkamer van de winkel scheidt. 'De koffie staat op tafel.'

Zonder gêne begint ze aan Meije en de jurk te sjorren. Ze duwt Meijes borsten op, zodat het decolleté mooi uitkomt. Dan pakt ze de hoepelrok die op het haakje hing en wil onder de jurk duiken. Meije doet een stap achteruit.

'Heb je je niet geschoren?' fluistert Fay.

'Ach, we zijn met dames onder elkaar,' zegt de boetiekmevrouw.

'Ik doe het zelf,' zegt Meije. 'Willen jullie buiten wachten?'

Ze wacht tot de vrouw en Fay de paskamer uit gelopen zijn.

Het kost Meije moeite de hoepelrok onder de jurk te krijgen. Ze snapt waarom de vrouw het wilde doen, want de jurk is enorm en de hoepel is onhandig.

'Lukt het?'

'Ja,' roept Meije. Ze houdt zich staande aan de stoel, terwijl ze trekt en sjort.

'Nooit geweten dat stof zo zwaar kan zijn,' mompelt ze.

Uiteindelijk staat de jurk mooi bol. Hij valt ruim over haar sportsokken.

Haar hoofd is rood en er staat zweet op haar voorhoofd als ze vanachter de zware gordijnen de kleedkamer uit komt.

'Net een sprookje,' zegt Fay, zichtbaar onder de indruk.

'Iedere dame heeft een prinses in zich die eruit wil,' zegt de vrouw blij. 'Het staat haar mooi. Wit zou jou ook mooi staan,' zegt ze tegen Fay. 'Droomden we vroeger niet allemaal dat we prinsessen waren?'

'Ik droomde dat ik een engel was,' zegt Meije terwijl ze voor de spiegel ronddraait.

'Een engel? O, wacht.' De vrouw gaat op een drafje weg en komt terug met een sluier. Met een speld steekt ze Meijes haar losjes op. Vervolgens pint ze de sluier in het haar. 'Ben je nu nog een engel?'

'Nu ben ik een bruidje,' zegt Meije. Ze straalt. 'Fay, maak jij een foto?'

Fay zet haar koffie neer. Met trillende handen pakt ze haar mobiel en maakt snel een foto.

'Mijn moeder kan er niet bij zijn,' legt Meije uit, 'omdat ze haar enkel verzwikt heeft. Maar ik weet zeker dat ze dit een hele mooie jurk vindt. Mijn verloofde zal er trouwens ook weg van zijn. Die houdt van heel vrouwelijk.'

'En hoe heet de gelukkige aanstaande?' vraagt de vrouw.

Fay pakt haar kopje en neemt een grote slok koffie. Dit gelieg is niks voor haar.

'Sander,' zegt Meije, en op dat moment kan Fay zich niet langer goed houden. Lachend sproeit ze een mondvol koffie uit over de vloer van de boetiek.

Ze worden door de scheldende vrouw op straat gezet. Meije op haar sokken, met haar schoenen in haar hand. Fay met hun jassen, die ze in de haast meegegrist heeft.

De boetiekdeur wordt met een klap dichtgegooid. Het glas rinkelt ervan. De zonweringen worden naar beneden gerold en het bordje met open wordt op gesloten gedraaid.

'Wat een beproeving was dat,' zegt Fay.

'We hebben het toch maar gedaan,' zegt Meije tevreden. 'Mag ik de foto zien?'

'We gaan eerst ergens anders staan,' zegt Fay, en ze trekt Meije mee de straat uit.

'Jij bent echt bleek,' zegt Fay en ze kijkt naar Meijes gezicht. 'Waarom heb je een lange broek aan?'

'Bleek is het nieuwe bruin.'

'Hm. Het ziet er zo ziekig uit. Wat zullen we doen?'

'In de tuin zitten?'

'We kunnen gaan zwemmen in het bos.'

'Nee. Ik heb een heleboel tijdschriften.' Meije wijst naar de stapel. 'En limonade en koekjes.' De tafel staat vol met glazen, eten en zonnebrand. Alles om het verblijf in de tuin aangenaam te maken. 'Ik ben echt te moe om te zwemmen.' Ze trekt een zielig gezicht.

'Oké, maar ik móét in het water. Hebben jullie dat badje nog?'

Meije fronst haar wenkbrauwen. 'Het vissenbad?'

'Ja.'

'In de schuur, denk ik. Op een van de planken.'

'Kun je het niet even aanwijzen?'

'Ik lig,' zegt Meije. Ze strekt zich in de ligstoel uit als een kat die in de zon ligt.

'Het is dat je bloedarmoede hebt, maar anders...'

Fay gaat in de schuur op zoek, terwijl Meije in een glossy bladert. Beroemdheden in galajurk op de rode loper. Dezelfde beroemdheden met okselhaar op het strand.

'Heb je hem al gevonden?' roept ze naar Fay.

Vanuit de schuur klinkt een hoop gemopper.

'Nog niet dus.' Meije pakt het rode boek dat op de tafel naast haar ligt en slaat het open.

'Hij is er nog!' roept Fay. Ze komt de schuur uit lopen met twee armen vol blauw plastic met gekleurde vissen erop. 'Hier is ie!' Ze gooit het badje op het gras en knielt ernaast om het op te blazen. Langzaam krijgt het slappe plastic de vorm van een zwembad.

'Je mag best een beetje helpen, hoor,' zegt Fay.

'Ik denk er niet aan,' zegt Meije en schrijft door.

Als het bad vol lucht is vult Fay het met water. Nu moet ze er nog in gaan liggen. Fay laat zich in het badje zakken. Het is duidelijk bedoeld voor twee peuters, want het water golft over de rand in het gras. Ze draait als een hond die zijn plek niet kan vinden, maar na een paar rondjes ligt ze goed, met haar benen hangend over de rand en haar hoofd in een vreemde knik. 'Zo, daar was ik wel aan toe. Gooi es een blad.'

Meije kijkt glimlachend naar Fay en slikt.

★

Buiten is het nog volop zomer met geel gras, hel licht en stoffige bomen.

Binnen loopt het zweet over de ruggen, in de oksels en langs de benen. De huiden zijn bruin en de gedachten zijn bij de vakantieliefde en het zwembad.

Meije en Fay zitten in het benauwde klaslokaal. Mopperend hebben zij zich gebogen over een onverwachte lijst met stellingen waarmee de docent maatschappijleer deze kudde wilde paarden meteen hoopt te temmen. Het lijkt te lukken. Er moet diep nagedacht worden en daardoor daalt de rust neer.

Tot iemand een wind laat. De hele klas kijkt op. Het geluid kwam onmiskenbaar voor uit de klas, waar niemand anders zit dan de docent in zijn gestreepte overhemd met voor zich zijn frisse agenda en zijn groene appel. Hij bloost. Hij laat de klas even lachen, omdat, als je meteen ingrijpt, het alleen maar groter terugkomt. Als allesoverheersende meligheid.

Als het gelach wat afneemt, pakt hij zijn agenda en slaat ermee op zijn tafel. 'Genoeg!' zegt hij luid.

Hij negeert het zachte gegniffel en gaat weer zitten. Meije begint snel te schrijven terwijl Fay genietend om zich heen kijkt. Meije schuift haar schrift naar haar vriendin. Fay leest, glimlacht en steekt haar vinger op.

'Wat doe je nou?' sist Meije geschrokken.

'Fay?' zegt de docent.

'Meije heeft een interessante oplossing voor de derde stelling, meneer.'

'Wat ben jij erg,' fluistert Meije, maar ze lacht wel.

Ook de docent kijkt tevreden. Hij is blij dat het weer

over de lesstof gaat. Dit jaar heeft hij zich voorgenomen harder op te treden en minder gestrest te zijn. Hij is het voorval van net mooi te boven gekomen, dus dat belooft veel goeds voor de rest van het jaar.

'Ga maar even staan,' zegt hij, 'en verras ons.'

Meije gaat langzaam staan, haalt diep adem en zegt dan:

'O, reutelende ochtendscheet,
wat breng jij mij toch veel
over het avondeten van gister aan de weet.'

Ze gaat meteen weer zitten en kijkt braaf voor zich uit. Fay valt bijna van haar stoel van het lachen, net als de rest van de klas.

'Dit valt me van je tegen,' probeert de docent te zeggen, maar hij komt nauwelijks boven het lawaai uit.

Als het lachen en de nepscheten na een paar minuten nog niet opgehouden zijn, pakt hij zijn appel en loopt de klas uit.

Fay giert het uit. 'Wat fijn dat ik weer een les met jou heb. Dit wordt een geweldig jaar.'

★

Meije legt de tv-gids weg en staat op. Ineens is de kamer gevuld met dansende vlekken. Ze steunt met haar hand op de leuning om niet te vallen en ademt rustig in en uit. De vlekken lossen langzaam op en de woonkamer is weer zichtbaar.

'Heb je dat vaker?'

Ze schrikt van de stem, want ze dacht dat ze alleen was. Haar vader staat in de deuropening.

'Nee.'

Hij knijpt zijn ogen dicht als een kat. 'Heb je wel gegeten?'

'Tuurlijk.'

41

'Ben je ongesteld?'

'Nee,' zegt Meije, 'misschien heb ik te weinig gegeten.'

'Zal ik een boterham voor je smeren?'

'Dat kan ik zelf.'

'O,' zegt papa, 'ik zou het anders wel weten. Als iemand mij aanbood een boterham voor me te smeren, dan zou ik het meteen aannemen. Het is lang geleden dat er speciaal voor mij eentje gesmeerd werd. Mieke doet het nooit, dus dat zal jouw oma wel geweest zijn. En dat is, dat weet je, heel lang geleden.'

'Je hebt wel eens ontbijt op bed gehad.'

'Dat waren beschuiten. Zal ik een boterham voor je maken?'

Meije lacht. 'Oké.'

Ze loopt achter hem aan de keuken binnen en gaat aan tafel zitten. Ze kijkt hoe hij een dubbele boterham met kaas, sla, een gesneden augurkje, een beetje mayonaise en een lik mosterd maakt.

'Ik krijg er zelf honger van,' zegt hij.

'Neem jij dan de helft,' zegt Meije.

'Nee, vaders voeren eerst hun kinderen. Kijken toe hoe zij eten en eten daarna pas zelf.'

Meije neemt een hap. 'Je denkt zeker dat ik aan het afvallen ben?'

'Ik denk niks,' zegt papa en hij gaat aan tafel zitten achter een stapel proefwerken. Hij pakt zijn rode pen, die altijd aan zijn overhemdborstzakje hangt, en begint te strepen en te tellen. Klontje springt op tafel en gaat midden op de proefwerken liggen. Papa schuift hem aan de kant, maar hij rolt net zo hard weer terug en maakt meteen ruimte door de stapel proefwerken van tafel te duwen.

'Verdomme,' vloekt papa.

Meije pakt Klontje van tafel en draagt hem, en het bord met de boterham, naar haar kamer. Daar zakt ze neer achter haar bureau. Het bord zet ze neer en Klontje gaat broemend in haar nek liggen.

42

'Au,' zegt Meije, maar ze laat hem toch liggen.

Buiten regent het. Meije pakt haar kladblok en begint te schrijven. Als het klaar is leest ze het hardop voor aan de poes:

'De man met bijna geen neus
durfde niet te niezen.
Hij was bang zijn neus
tijdens het snuiten te verliezen.'

Ze zit te schudden van het lachen. Klontje drijft zijn nagels dieper in haar huid om meer grip te krijgen.

'Ik moet eens een serieus gedicht schrijven, over de liefde of zo,' mompelt Meije. Ze bladert terug en vindt een gedicht over het winterkoninkje.

'Luister Klont, deze heb ik ook geschreven. Het is nogal serieus, eigenlijk gaat het over reïncarnatie. Ik geloof daar niet in. Hoewel, ik zou best als poes terug willen komen. Een poes in een fijn gezin.' Ze kriebelt Klontje onder zijn kin. Hij rekt zijn nek uit, zodat ze er beter bij kan.

Fay en Meije zitten diep in hun jas gedoken met hun rug tegen de achterkant van het lyceum.

'Ik wil weg hier,' zegt Fay.

Meije veegt Fays wangen droog met haar mouw. Haar mouw ziet pikzwart. 'Waar wil je naartoe?'

'Maakt niet uit,' zegt Fay. 'Als we maar weggaan. Gym valt toch uit voor mij. Meneer Westerlaken is ziek.'

'O, dan hoef ik ook niet.'

'Hoezo? Jij gaat sowieso nooit,' zegt Fay. 'Wanneer ben jij voor het laatst naar gym geweest?'

'Ik heb een teer gestel.'

Fay snuit haar neus. Daniël komt aanlopen. 'Wat is er aan de hand? Het lijkt hier wel een begrafenis.'

'Floor heeft een vriendin,' zegt Fay alsof ze op de grond spuugt. 'Hoe lang wist jij dat al?'

'Vanaf de vakantie,' zegt Daniël. 'Ze hebben elkaar in Portugal ontmoet.'

'Waarom heb je dat nooit gezegd?' snikt Fay. 'Je wist toch dat ik verliefd op hem was.'

'Nee,' zegt Daniël, 'dat wist ik niet. Ik dacht dat jullie goede vrienden waren.'

'Hij deed zo aardig.'

'Hij ís aardig,' zegt Daniël.

'Nee, het is een klootzak,' schreeuwt Fay, 'en jij ook.'

'Nou nou,' zegt Daniël.

'Dat zeg ik niet, dat zeggen mijn kanaries,' zegt Fay boos.

Meije slaat een arm om haar heen. Daniël gaat naast hen op de grond zitten. Hij houdt Fay een pakje sigaretten voor. 'Hier.'

Fay pakt er een, steekt hem in haar mond en maakt een kommetje van haar hand om het vlammetje te beschermen tegen de wind.

Ook Daniël steekt zijn sigaret aan. Hij neemt een diepe teug en blaast een grote grijze wolk uit, die meteen door de wind in Meijes gezicht geblazen wordt.

'Wat kijk je vies,' zegt Daniël.

'Het gaat zo weer regenen,' zegt Meije.

'Als je het nooit probeert zul je het altijd vies blijven vinden,' zegt Fay. Ze houdt Meije haar sigaret voor.

'Ik denk dat het je heel goed staat,' zegt Daniël.

'Hoe kan een sigaret nou goed staan?'

'Het geeft je houding.'

Meije pakt de sigaret aan en neemt er een trek van. Ze blaast een elegant klein wolkje uit.

Fay en Daniël kijken elkaar lachend aan. 'Het moet wel over je longen,' zeggen ze tegelijkertijd.

Meije zuigt de rook zo diep mogelijk naar binnen. Daar verspreidt het zich in een razend tempo in de longen over de longblaasjes, en die schrikken zich een ongeluk. Ze geven onmiddellijk een signaal naar de hersenen dat ze stikken. Meije hoest de rook weer naar buiten. Ze knijpt haar tranende ogen dicht en houdt haar hand voor haar mond. Het doet pijn!

Fay en Daniël liggen dubbel van het lachen.

'Hou op,' hoest Meije.

'We lachen je niet uit,' zegt Fay. 'We lachen je toe.'

'Je lijkt de vriendin van Floor wel,' giert Daniël. 'Die kijkt ook zo suf.'

Fay geeft hem een flinke por.

'Wat nou?'

'We gaan het niet over Floor hebben,' zegt Fay.

'Wil je niet weten hoe suf zijn vriendin kijkt?'

'Nee. Ik wil niks meer over hem horen.'

Meije neemt voorzichtig nog een trekje, maar niet over haar longen. Ze kijkt uit haar ooghoeken of haar vrienden het zien. Meije puft haar teugje uit. 'Hoe maak je nou kringen?'

De wind smijt de regen tegen het raam. Meije ligt in haar pyjama op haar hemelbed met de hemel neergelaten. Klontje ligt op het hoofdkussen zacht te broemen. Op het blauwe dekbed liggen tientallen enveloppen en op elke envelop staat een zinnetje. Zoals:

Voor Sander: eerste vriendinnetje.

Voor Sander: trouwdag.

Voor Sander: zomaar.

Ze heeft een kladblok naast zich liggen en kauwt op haar pen. Haar mobiel piept dat er een sms binnen is gekomen:

Kom je nog een keer naar beneden? We gaan lootjes trekken.

Je liefhebbende vader

Meije slikt. Steunend op haar armen komt ze langzaam overeind. Ze raapt de enveloppen bijeen, doet ze in een

45

blauwe doos met sterren en schuift die ver onder haar bed.

'Kom Klont,' zegt ze, 'we gaan naar beneden.' Ze houdt de hemel omhoog voor de rode kater die haar volgt. Samen lopen ze de trap af. Klontje gaat voor het doorzichtige kattenluik naar buiten zitten kijken en Meije loopt de woonkamer binnen.

Daar zitten papa en Mieke op de bank. Sander zit op de vloer. Hij heeft de traditionele lootjestrekschaal in zijn handen: de fruitschaal van oma met een theedoek erover.

Meije zakt neer in de stoel bij het raam.

'Pak maar,' zegt Sander en hij houdt haar de schaal voor. Meije trekt een lootje. 'Ik heb mezelf,' zegt ze en gooit het briefje terug. Sander husselt de briefjes door elkaar. Meije pakt er weer een. *Sander* staat erop.

Papa pakt een briefje, leest het. Dan Mieke en als laatste Sander.

'Niemand zichzelf?' vraagt Sander.

'Nee.'

'Niemand mag in mijn kamer komen,' zegt Meije.

'Die zit altijd al op slot,' zegt Sander.

'Hoe weet jij dat?'

'Ik heb wel eens wat nodig.'

'Precies, daarom zit hij ook op slot.'

'Dus even de spelregels,' zegt papa. 'Geen stroop, geen isolatiemateriaal.' Hij werpt een strenge blik op Mieke. 'Geen ontploffende dingen of dingen die kunnen gaan schimmelen. Niet op zoek gaan naar surprises en niet per ongeluk cadeaus vinden.' Hij kijkt naar Sander.

'Je moet ze gewoon goed verstoppen,' zegt Sander.

'Ik had het goed verstopt,' zegt papa. 'Het lag achter de wasmachine.'

'Ik doe wel eens de was,' zegt Sander.

'O?' giechelt Mieke.

Klontje springt op schoot bij Meije. Hij heeft zijn territorium geïnspecteerd en alles was in orde. Meije laat hem het briefje zien. 'Kijk, die hebben wij.'

'Het is blauw en niet zwaar,' zegt Sander.

'De lucht,' zegt Mieke.

'Heel goed,' zegt Sander, 'maar dat is het niet. Wat denk jij?'

Sander kijkt naar papa. Hij zegt geen papa meer, maar hij noemt zijn vader ook niet bij zijn naam. Hij weet niet zo goed wat hij moet zeggen en zegt daarom meestal hé of niets.

'Ik weet het niet,' zegt papa en vouwt de krant open.

'Lichtblauw,' zegt Sander.

Ze lachen. Meije moet zo lachen dat het haar draaierig maakt, daarom houdt ze zich goed vast aan de leuning van de stoel.

Het waait hard. Meije houdt zich staande aan het hek. De buurvrouw komt langs met haar teckel. Zijn lange oren wapperen als vlaggen in de wind.

'Ik hou wel van een beetje storm,' zegt ze opgewekt, 'maar op de fiets is het wat lastig. Ben je niet te laat?'

'Ik heb een lekke band,' hijgt Meije.

'Dat is vervelend,' zegt de buurvrouw. 'De jongens zijn op mijn fiets weg, anders mocht je die lenen. Hoe gaat het trouwens op school?'

'Bijna allemaal voldoendes,' zegt Meije.

'Na school wordt het absoluut leuker. Echt waar. Daar komt je broer.'

Sander komt het huis uit stormen met zijn piekend haar en haastig aangetrokken kleren.

'Wat ben jij laat,' zegt hij tegen Meije. 'Hoi,' zegt hij tegen de buurvrouw.

'Je zus heeft een lekke band. Misschien kun jij haar achterop nemen?' zegt de buurvrouw tegen Sander. 'Zo'n sterke jongen.'

'Ja, dáág,' moppert Sander en hij trekt zijn fiets uit de schuur.

'Hij doet het vast,' zegt de buurvrouw en ze geeft Meije een knipoog. Ze loopt verder. 'Dag jongens!' De teckel huppelt met wapperende oren voor haar uit.

Sander bekijkt Meijes band. 'Ik kan ook aan eh... papa vragen of hij ons brengt?'

'Hij is al weg.'

'Zo vroeg?'

'Hij had iets,' zegt Meije.

'Nou, moet je dan achterop?' vraagt Sander ongeduldig. 'Moet je wel springen.'

'Durf ik niet,' zegt Meije en ze kruipt meteen op de bagagedrager.

'Ik weet niet of dat lukt hoor.' Sander begint te fietsen. 'Zit je er nou al op?'

'Ik zit!' zegt Meije en ze houdt zich goed vast aan de fiets.

De tocht naar school duurt twee keer zo lang door de wind, maar dan zijn ze er.

'Mevrouw,' zegt Sander als hij stopt voor het lyceum.

'Je bent een schat,' zegt Meije en laat zich van de bagagedrager af glijden. 'Ik hou van je. Dat weet je toch wel, hè?'

'Ja ja,' mompelt Sander. 'We zijn wel te laat.' Hij loopt snel de stalling in om zijn fiets weg te zetten en dan het gebouw binnen te sprinten. Meije kijkt hem na maar volgt hem niet. Ze gaat op een van de banken zitten met haar gezicht in haar handen.

Mickey komt aanscheuren op haar mintgroene scooter. Ze parkeert hem, checkt haar make-up in de achteruitkijkspiegel en wil naar de ingang lopen als ze Meije ziet. 'We hebben toch Nederlands?' vraagt ze.

'Geen zin,' zegt Meije.

'Ik ook niet,' zegt Mickey. Ze heeft glitterende lipgloss en glitterende rouge op. Haar jas hangt open.

'Zit je te spijbelen?'

Meije haalt haar schouders op.

Mickey gaat naast haar zitten. Ze pakt een roze make-up-etuitje uit haar tas. 'Wat leer je hier nou eigenlijk? Ik zou liever... een wereldreis maken of zo.'

'Met je vriend?'

'O nee, dat is uit. Ik ben nu verliefd op de jongen van de club. Joram. Ken je die? Jij gaat nooit uit, hè? Fay zie ik nog wel eens, maar jou nooit. Kauwgom?' Ze houdt Meije een strip voor.

'Lekker,' zegt Meije. 'Beetje misselijk.'

'Heb jij anorexia of zo?' fluistert Mickey. 'Je wordt steeds dunner.'

'Nee joh,' zegt Meije kauwend.

'Het schijnt best veel voor te komen. Een vriendin van mijn nicht heeft boulimia. Ze kotst alles uit, maar daarna eet ze weer zoveel dat ze toch op haar gewone gewicht blijft. Je ziet het niet aan haar. Jij en Fay zijn hartsvriendinnen, hè?'

Meije knikt. Ze slaat haar armen om haar buik.

'Wil je een sigaret?'

'Nee dank je.'

Mickey steekt een sigaret op.

'Kun je me naar huis brengen?' vraagt Meije. 'Ik voel me niet zo lekker.'

★

Meije en Fay lopen door de hal en staan stil voor het mededelingenbord. Er zijn geen ziekmeldingen. De griepgolf is overgetrokken en teistert nu een ander gebied. Meije was met koorts thuis. Fay ook.

'Er zit een nieuwe jongen in 4b. Echt een lekker ding. Ik vind hem wel iets voor jou,' zegt Fay.

Meije zegt niks.

'Kom,' zegt Fay. 'We hebben boven les.'

Een golf scholieren spoelt de hal binnen. Allemaal willen ze als eerste boven zijn. Een jongen duwt Meije hardhandig opzij.

'Au!' roept Meije en ze wankelt. Haar handen graaien hulpeloos in de lucht, op zoek naar houvast.

Ook Fay, gescheiden van Meije door een groep voort walsende jongens en meisjes, kan haar niet opvangen.

Meije valt met een smak op de grond. Er kraakt iets.

'Eikel!' roept Fay de jongen na. Ze valt op haar knieën naast Meije op de gladde vloer. 'Meije?! Meije?!'

Maar Meije reageert niet.

'Kan iemand helpen!' schreeuwt Fay. 'Help haar dan!'

Niet veel later ligt Meije in de ambulance. Naast haar zit een broeder. Hij heeft een kleurige trui aan met een oranje reflecterende hes erover.

'Niks aan de hand,' zegt Meije.

'Rustig maar,' zegt de broeder. 'Het komt allemaal goed.'

'Ik ben alleen maar gevallen.'

'Het komt allemaal goed,' zegt de broeder weer. Hij legt zijn hand op haar arm.

Meije ligt op de kinderafdeling van het ziekenhuis. Naast haar ligt een kleuter die haar beer voorleest uit een boek. De andere bedden zijn leeg.

Mieke en papa komen binnen. Hun ogen zijn groot als de ogen van konijnen. Wijd opengesperd en onrustig.

Ze kussen haar en gaan allebei aan een andere kant van het bed zitten.

'Wanneer mag ik naar huis?' vraagt Meije.

'Nog niet lieverd,' zegt Mieke, 'ze zijn nog bezig je te onderzoeken.' Ze neemt een ritselende tas op schoot. 'Sander komt ook zo.'

'Wat willen ze onderzoeken? Ik heb alleen mijn been gebroken?'

'Je hebt je dijbeen gebroken. De arts vindt dat vreemd en daarom wil hij je verder onderzoeken.' Mieke haalt een pasgekochte pyjama uit haar tas. 'Ik kon geen knuffel vinden. Waar heb je die toch gelaten?'

'Ik ben te oud voor knuffels.'

'Je dagboek.'

Mieke heeft het rode boek in haar handen. Meije wil het pakken, maar ze kan niet overeind komen.

'Ik leg het op je kastje.'

'Onder mijn kussen.'

Mieke schuift het voorzichtig onder Meijes kussen. Meije doet haar ogen dicht. Papa en Mieke blijven bij haar als ze slaapt. Ze houden ieder een hand vast en strelen haar koortsige wangen.

De zuster komt binnen. Ze brengt de kleuter een nieuw voorleesboek. 'Je papa en mama komen zo,' zegt ze.

'Maar dan gaan ze ook weer weg,' zegt de kleuter boos.

'Ja, dat is waar.'

De zuster gaat naast Meijes bed staan. 'Ben je wakker?'

Meije doet haar ogen open.

'De dokter komt zo even met je praten. Je ouders zijn er ook. Zij hebben net al een gesprek met hem gehad.'

'Mag ik naar huis?'

'Dat zal hij je wel vertellen.'

De zuster trekt de lakens recht, pakt een gevallen kussen op en verlaat de kamer weer.

Meije wil haar ogen weer dichtdoen als ze ziet dat haar vader en moeder samen met de arts binnenkomen. Hij blijft staan, Mieke en papa gaan op de stoelen naast haar bed zitten.

'Eh...' zegt de arts. Hij friemelt aan de status die hij in zijn handen heeft. 'Meije, het ziet er niet goed uit. Ik moet je bekennen dat ik zoiets, zoals bij jou, nooit eerder gezien heb. En ik heb al heel wat jaren, heel veel soorten kanker gezien.'

Meije ziet dat Mieke in de hand van papa knijpt. Papa knijpt terug.

'We hebben foto's gemaakt,'gaat de arts verder, 'en daarop is duidelijk te zien dat de tumor zich naar alle kanten heeft uitgezaaid. De kanker is in zo'n ver stadium... Ik snap er niks van.'

Meije zucht. Ze sluit haar ogen. De arts legt uit hoe kanker ontstaat, hoe het verder groeit en waarom het juist in haar botten zit.

'En ik dacht dat ze bloedarmoede had,' huilt Mieke. 'Ze wil alles zelf oplossen. Ik had het moeten zien. Ik had je naar een dokter moeten sturen.'

'Dat heb je gedaan,' mompelt Meije. Ze opent haar ogen om Mieke goed aan te kunnen kijken. 'Het is jouw schuld niet.'

'Het lastige is,' zegt de arts, 'dat we het punt waar het begint, de bron, niet hebben kunnen vinden. En als we niet weten waar het begint, dan weten we ook niet wat we moeten behandelen. Daar komt bij dat je conditie erg slecht is. Ik denk niet dat, welke therapie we ook zouden gebruiken, we jou beter kunnen maken.'

Even is alleen de zachte stem van de zuster te horen, die de kleuter voorleest.

'Het spijt me,' zegt de arts.

'Dus ik ga dood,' zegt Meije.

'Eh... ja,' zegt de arts. Hij schrikt van haar directheid.

'Mag ik naar huis?'

'Wil je dat graag? Dat is zeker mogelijk. Ik zal er ook voor zorgen dat je zo min mogelijk pijn hebt. Maar daar zullen we het straks over hebben, over hoe het verder moet. Er zullen een aantal dingen geregeld moeten worden,' zegt de arts. 'Ik laat jullie even alleen.' Hij kijkt naar papa, die zich vasthoudt aan de rand van het bed, en naar Mieke, die naar de witte muur staart. 'Als jullie vragen hebben, ik blijf in de buurt en kom straks weer langs.'

De arts verlaat de zaal en botst bijna tegen de zuster op, die koppen koffie op een blad heeft. Het gaat net goed.

'Het is een dappere meid,' zegt de arts tegen haar.

'Het zijn wondertjes, kinderen,' zegt de zuster.

★

'Heb zo'n pijn,' zegt Meije.

'Waar?' vraagt papa.

Ze wijst het aan: overal.

Hij gaat op de stoel naast het hoge ziekenhuisbed zitten en streelt haar voorhoofd. 'Het is raar om in de voorkamer te liggen, of niet?'

'Vind wel gezellig.'

'Is het niet te druk?'

'Nee. Wil jullie zien, maar de boom staat ervoor.'

'Ik dacht dat je het leuk zou vinden. Al die lichtjes.'

'Zie jullie niet,' zegt Meije.

Papa staat op en verschuift de kerstboom. 'Zo beter?'

Meije knikt.

Papa pakt een boek van de stapel naast het bed en slaat het open.

'Ik ga voorlezen.'

'Net als vroeger.'

'Net als vroeger.'

Papa bladert. Dan begint zijn zware stem de letters tot woorden te vormen.

'Drie huilende uilen

Waarom zitten ze zo te huilen,
deze zielige, oude uilen,
waarom zitten ze zo te huilen in die boom?'

Papa kijkt naar Meije. Ze heeft haar ogen dicht en om haar mond speelt een glimlach.

'Zijn ze bits en ontevreden?
Is hun tante overleden?
Of hun opoe, of hun opa of hun oom?

Is er een uilekind beneden
door een autobus overreden,
toen dat uilekind ging wandelen in het bos?

Waarom zouden ze dan toch huilen,
deze oude, dikke uilen,
sst, ik zal het je vertellen: 't Is de vos!

Heeft de vos hen dan gebeten?
Nee, hij kookt zijn avondeten
En hij maakt een uitje schoon, voor in de sla.

Strakjes zullen zij hun ogen
met een uilezakdoek drogen.
Is dit allemaal gelogen, denk je? Ja!'

Het vers is ten einde. 'Dit was jouw lievelingsgedicht toen
je klein was.'

'Nee,' zegt Meije.

'Je was dol op die uilen.'

'Andere uilen,' zegt ze langzaam. 'Een wagentje vol uilen. Die niet weten wat er gaat gebeuren.'

Papa bladert door het dikke boek. Af en toe zegt hij
een paar regels op tot hij ineens 'aha!' roept. 'Veertien uilen!'

'Maakt niet uit. Als je maar voorleest.'

'Jonkheer van Emmelebom tot Zuilen
reed met een wagentje door de stad,
reed met een wagentje vol met uilen,
die hij voor een letterbanket wou ruilen,
omdat hij daar zo'n zin in had.
Iedere uil zat op een lat,
zó reed de jonkheer door de stad.'

Papa kijkt naar Meije. Haar mond hangt een beetje open. Ze slaapt. Hij scheurt een stuk uit zijn krant als bladwijzer en legt het boek op de stapel naast het bed.

Sander zet een bijna kale giraf naast Meije in bed.

'Sjaf,' zegt ze. 'Had jij hem toch?'

'Ik heb je toch mooi naar hem laten zoeken.'

'Je hele kamer heb ik overhoop gehaald.'

Sander giechelt.

'Hij was vroeger groter,' zegt Meije.

'Jij was kleiner.'

'Hij had meer haar. Veel meer.'

Sander bloost een beetje. Dat hij op de giraf sabbelde houdt hij voor zichzelf. 'Mijn tactiek was dat ik hem steeds op een andere plek neerlegde. Overal in het huis. Daarom kon je hem nooit vinden. Alleen 's avonds was hij in mijn kamer.'

'Bij jou in bed zeker?'

Sander wiebelt wat op zijn voeten heen en weer. Van voor naar achter en weer terug. Hij heeft het zelf niet in de gaten, maar Meije kijkt ernaar.

'Hij ligt nu al jaren achter het schot, hoor,' zegt Sander.

'Tussen je voetbalspullen? Arme Sjaf.' Meije aait haar knuffel. 'Mieke zei dat ik hem verloren had. In de supermarkt.'

'Zei Mieke dat?'

'Ja, want ik bleef maar zoeken.'

'Sorry,' zegt Sander.

'Blij dat ik hem weer heb.' Ze drukt de giraf tegen zich aan.

Sander ritst zijn jas dicht en wil weglopen.

'Wat ga je doen?'

'Ik ga bij Cas eten.'

'We eten mousse,' zegt Meije. 'Chocolademousse.'

'Laat maar wat over.' En weg is hij.

★

Mickey zit op de stoel naast het hoge bed. Ze heeft een envelop in haar handen die ze aan Meije geeft. Meije maakt hem open. Er zit een kaart in met een hond die, als je de kaart openvouwt, vrolijk blaft. En hard. Ze doet hem meteen weer dicht.

'Hij is van de hele klas,' zegt Mickey. Ze neemt de kaart uit Meijes hand, vouwt hem open en houdt hem voor Meijes gezicht. 'Kijk maar.'

Binnenin staan alle namen van haar klasgenoten. Sommigen hebben er iets bij gezet. *Liefs!* of *Beterschap!*

Meije knikt onzichtbaar en doet haar ogen dicht. Mickey legt de kaart weg. Dan buigt ze zich voorover om te kijken of het wel goed met Meije gaat. Straks gaat ze zomaar dood waar zij bij is. 'Hé,' zegt ze. Ze legt haar hand op Meijes arm.

'Ja?' mompelt Meije.

Mickey zucht opgelucht. Ze kijkt om zich heen. Naar de morfinepomp. De zak met plas. En de map van de thuiszorg.

'Ik kon niet meteen komen,' zegt ze, 'want het is heel druk op school en mijn moeder heeft migraine, dus.'

'Au,' kreunt Meije.

'Doet het pijn?' vraagt Mickey.

'Praat maar door.'

'Het is uit met Joram,' zegt Mickey, 'maar ik vind het niet erg. Elk weekend was hij bij zijn vrienden. Daar kon je beter niet bij zijn. Het was alleen wel rottig hoe hij het uitgemaakt heeft. Zijn vriend kwam het me vertellen, want hij was zelf weer eens dronken. En Henk, van maatschappijleer, is overspannen. Wist je dat?'

Ze kijkt naar Meijes gezicht, dat weer ontspannen is. De pijn ebt weer weg.

'Ja. Ineens zat hij te huilen in de klas. Nu hebben we een vervangster. Een lio. Ze is heel knap en jong. Ik denk dat ze maar een paar jaar ouder is dan wij.'

De zon verschuift. Klontje komt in de schaduw te liggen. Knorrend staat hij op en loopt sloom naar het hoge bed. Hij springt tussen de dekens waar hij zich broemend laat vallen.

'Au! Zwaar,' zucht Meije.

'Laat mij maar.' Mickey staat op. Even hangen haar handen vertwijfeld boven de dikke rode kater. Dan pakt ze Klontje te voorzichtig beet, waardoor hij zich door soepel rond te draaien uit haar handen weet te bevrijden en terug op het bed glijdt.

'Ss,' sist Mickey kwaad. Ze pakt een tijdschrift en wappert voor de kop van de kater heen en weer. Maar Klontje rekt zich behaaglijk uit.

Mickey pakt hem bij zijn nekvel en dan haalt hij uit. Een rode streep loopt over haar hand.

'Werk dan mee,' sist ze.

Ze grijpt de kater stevig bij zijn buik en gooit hem van het bed. Klontje landt, maar springt onmiddellijk weer terug. Mickey zucht.

De postbode loopt door de tuin. Hij gooit de post door de klepperende brievenbus. Mickey ziet hem weglopen, maar pas nadat hij een nieuwsgierige blik naar binnen geworpen heeft.

'Ik ga zo weer,' zegt Mickey. 'Ik heb nog bergen huiswerk.'

Meije doet haar ogen open. 'Fijn dat je er was.'

Mickey glimlacht. Ze pakt haar jas en tas, maar weet niet goed wat ze zal zeggen. Wat is in zo'n situatie gepast?

'Nou, dáág.'

'Dáág.'

Mickey loopt weg en Fay komt binnen. Ze botsen bijna tegen elkaar op.

'Oeps!' zegt Mickey. 'Hoi.' En snel verdwijnt ze naar buiten.

Fay tilt Klontje op en gaat op de stoel naast het bed zitten met de kater op schoot.

'Haai.'

'Haai.'

'Dat was Mickey.'

'Ja.'

'Hoe voel je je?'

'Beroerd.'

'Zal ik je kussen opschudden? Glas water?'

'Nee.'

Fay aait Klontje. 'Ik heb eens gezegd dat ik alles zou vertellen, dus ook mijn nare gedachten.'

'Zwarte kanaries.'

'Ja. Ik dacht... Stel dat ik eerder geweten had dat je zo ziek zou worden. Zonder beter te worden, zeg maar. Misschien had ik beter geen vriendin van je kunnen worden, want dan had ik nu geen afscheid van je hoeven nemen.'

Klontje gaapt. Er komt een gebit tevoorschijn waar een leeuw jaloers op zou zijn.

'Ja,' piept Meije.

'Als ik de keuze gehad had... Tot aan mijn vijftiende vriendin met jou en je dan de rest van mijn leven vreselijk missen... Of andere vriendinnen, die misschien minder leuk zijn, maar die ik de rest van mijn leven blijf zien. Wat zou ik dan kiezen? Nu zou ik natuurlijk jou kiezen, omdat ik je ken. Maar soms, als ik besef dat je er straks niet meer bent, dan wenste ik dat ik je nooit gekend had.' Fay slikt de brok in haar keel weg. 'Snap je?'

'Da's een zwarte kanarie,' zegt Meije zacht.

'Het is egoïstisch.'

'Ik ben blij dat je niet hebt kunnen kiezen. En dat is ook egoïstisch. Van mij.'

Even is het heel stil.

'Pf,' zegt Fay, 'ik had het niet moeten zeggen.'

'Jij zegt het tenminste. Jij zit hier. Anderen lopen weg. Sander ook.'

'Hij is bang. Hij is je broer.' Dan ziet ze dat Meije huilt.

'Mijn schuld,' snikt Meije.

'Tuurlijk niet.'

'Jawel.'

Fay gaat bij Meije op bed zitten en omhelst haar. 'Het is jouw schuld niet,' zegt ze sussend. 'Je vecht zo hard.'

Meije schudt haar hoofd. Ze maakt zich los uit Fays omhelzing. 'Laat me even.'

'Goed,' zegt Fay en ze wil de kamer uit lopen.

'Fay?'

Fay draait zich om.

'Wil je dit verbranden,' vraagt Meije, 'als ik er niet meer ben?'

Haar hand ligt op het rode boek.

'Tuurlijk,' zegt Fay. 'Voor jou doe ik alles.'

Meije snikt.

Fay zit in het lokaal. Haar klasgenoten zitten over de schriftelijke overhoring gebogen, maar zij zit rechtop en staart naar buiten.

'Fay? Loop je even mee?' Meneer Arjen staat op en loopt het klaslokaal uit.

'Wat is er?' vraagt hij als ze op de gang staan.

Fay drukt haar nagels in haar handpalmen omdat ze niet wil huilen. Ze is boos.

'Gaat het om Meije?'

'Iedereen noemt het de afschuwelijke ziekte, of "k" maar nooit zegt iemand dat ze kanker heeft. Alsof ze bang zijn dat als ze het woord zeggen, ze het ook krijgen.' Fay stampt met haar voet op de vloer. 'En de meesten zeggen gewoon niets. Ze ontwijken me, alsof ik een besmettelijke ziekte heb.'

Meneer Arjen knikt.

'Vroeger kreeg ik altijd commentaar op hoe ik eruitzie. Of ik werd uitgelachen. En nu heeft niemand iets over mijn haar gezegd. Niemand!'

Fays haar is pimpelpaars. Niet als een pruim of een blauwe plek van een paar dagen, maar zo paars als een carnavalskostuum.

Meneer Arjen grijnst.

'Zelfs mijn moeder moppert niet op mij. Alsof ze me niet ziet staan! Ik ben onzichtbaar geworden, en dat is wel een beetje vreemd met zo'n haarkleur.'

Meneer Arjen krabt aan zijn wang zonder dat hij kriebel heeft en zegt dan: 'Ik herken het wel. Mijn broer haalde altijd hele hoge cijfers waar iedereen erg trots op was. Mijn opa begon te glimmen als hij mijn broers rapport onder ogen kreeg. Dat van mij bekeek hij nauwelijks. Terwijl ik heel hard mijn best moest doen, en dat ook deed.

Het is wel anders... Wat ik eigenlijk wil zeggen is dat je nooit van mensen kan verwachten dat ze reageren zoals jij wilt. Weet je, als je iets wilt horen dan moet je er zelf achteraan gaan.'

'Pf,' zucht Fay.

'Ik ben toen naar mijn opa gegaan en heb gevraagd of hij wel trots op mij was. Hij zei dat hij niet alleen erg trots op mij was, maar dat hij met mij ook zo fijn over vissen kon praten. En dat realiseerde ik me toen pas. Ik had iets speciaals met hem.

Jij weet niet wat je moeder denkt. Je weet niet wat je klasgenoten denken. Dat weet je pas als je het vraagt.'

'Ja, hallo,' zegt Fay. 'Dan loop je toch de hele dag achter anderen aan. "Bedoelde jij dit zo?" "Denk jij dit?"'

Meneer Arjen schraapt zijn keel. 'Ik dacht dat mijn vriendin niet wilde dat ik haar hielp verhuizen. Ze vroeg niks aan mij en zei ook niks over de verhuizing. Ik dacht dat zij me er niet bij wilde hebben. We kennen elkaar nog niet zo lang. Toen kregen we ruzie en bleek dat ze me niet wilde vragen omdat ik het zo druk had. Ik dacht dat ik me er niet mee moest bemoeien en kwam daardoor ongeïnteresseerd over. Enorm gedoe dus. En zo ontstaan misverstanden.'

'Nou,' zegt Fay, 'tussen mij en Meije is alles simpel en

helder, en juist zij gaat dood! Ik heb zin om de hele boel bij elkaar te schreeuwen!'

Meneer Arjen krabt zich aan zijn andere wang. 'Ga maar naar huis. Ik zal deze overhoring niet meetellen.'

Papa zit naast het bed. 'Wil je slapen?'

'Nee, heb een gedicht voor jou. Bedacht toen de dokter er was.'

Papa gaat er goed voor zitten.

'Hij is kort hoor. "Poëzie" heet het,' zegt Meije langzaam.

'Poëzie

Een woord hier
Een woord daar
Hop
Weer een gedicht klaar.'

Papa moet lachen, de tranen glijden over zijn wangen. Hij verbergt zijn gezicht in zijn handen en blijft zo zitten. Meije sluit haar ogen. Zo ligt ze tot hij weggaat.

Klontje ligt met zijn dikke winterjas aan in de vensterbank te genieten van de meesjes die aan de vetbollen hangen.

Als papa in jas, das en muts naar buiten gaat, komt het schurende geluid van de winter binnen.

'Tot straks,' roept hij.

'Dáág,' roept Mieke terug.

'Dag pap,' mompelt Meije.

'Er staan al sneeuwklokjes buiten,' zegt Mieke. Ze heeft een teiltje met warm water, een handdoek en een washand gepakt. 'Meer dan vorig jaar.'

Ze zet het teiltje op een stoel naast het bed en slaat de dekens naar achteren. Meije rilt.

Mieke wast eerst het gezicht van haar dochter. Achter

de oren, het dunne nekje rond.

'Au.'

Ze trekt Meijes pyjamahemd uit en wast haar borst. De ribben zijn goed te zien onder de net beginnende borsten die niet meer verder groeien.

Voorzichtig wast ze de opgezwollen armen. De handen. Aan de rechterhand zit de morfinepomp vastgemaakt.

Mieke helpt Meije met rechtop zitten, zodat Mieke haar dochters rug kan wassen.

'Pijn.'

'Ik ben bijna klaar. Alleen nog even een schoon hemd aan.'

Als Mieke dat gedaan heeft duwt ze de kussens recht. Het rode boek valt op de grond. Mieke pakt het op en legt het terug onder het hoofdkussen. Ze helpt Meije te gaan liggen.

Mieke wast voorzichtig Meijes dikke bobbelige been. Het andere been zit netjes ingepakt in een brace.

Ze wast de vagina en droogt het onderlichaam van haar dochter af met een zachte handdoek. Mieke trekt haar dochter een schone pyjama aan en wast de smalle, witte voeten als laatste. Dan slaat ze de dekens terug en dekt Meije toe.

'Waar is Sander?'

'Bij Cas.'

'Waarom?'

'Hij denkt veel aan je.'

'Wat heb ik daaraan?'

Mieke streelt Meijes voorhoofd. 'Ik vind het ook lastig dat hij zo vaak weg is.'

'Wil jij ook weg?'

'Nee, ik wil elke minuut die er nog is bij jou zijn. Maar hij is je broertje. Broers en zussen horen ruzie te maken en te kibbelen. In deze situatie valt er niets te kibbelen. Jij hebt al gewonnen. Papa en ik kunnen je verzorgen, maar wat kan hij? Hij weet gewoon niet wat hij moet doen.'

'Hier zijn.'

Mieke zucht.

'Voor hem ben ik al dood.'

'Dat mag je niet zeggen. Hij denkt veel aan je.'

'Als ze allemaal aan me denken... in plaats van mij te zien... dan is het net alsof ik niet besta,' zegt Meije langzaam. Het kost haar moeite om te praten.

Mieke wil van alles zeggen. Haar mond staat open, maar de woorden komen er niet uit. Ze slikt. 'Je hebt weer een kaart van Fays moeder. Lief dat ze je er elke dag een stuurt.'

'Heel lief.'

Het is donker buiten en het is donker binnen, op de gloed van het oranje nachtlampje na.

Meije slaapt. Ze ademt piepend in en uit. In de deuropening staat Sander op zijn blote voeten. Elke nacht wordt hij om vier uur wakker. Dan kijkt hij of Meije nog leeft en sluipt weer naar boven.

Mieke wast af en Fay loopt al afdrogend van de keuken naar de woonkamer, waar Meije ligt, en weer terug.

'Zo blijf ik in conditie,' zegt ze terwijl ze een kopje afdroogt. 'Hé, je doet het weer.'

'Wat?'

'Dat met je neusgaten. Je lijkt wel een konijn.'

'Omdat... Weet je waarom?' vraagt Meije.

'Heeft het dan een reden?'

Meije knikt.

'Nou?' vraagt Fay.

'Privé.'

'Je gaat toch dood.'

Meije haalt piepend adem. 'Kriebel... kan niet peuteren... Jij bent hier... Beweeg mijn neus... dat helpt.'

'Dus konijnen hebben altijd kriebel aan hun neus?'

Meije glimlacht.

Fay ziet een ochtendweiland voor zich vol konijnen die kriebel aan hun neus hebben, maar die niet durven te peuteren waar iemand anders bij is. En er is altijd een ander bij, want zo zijn konijnen.

'Jij hebt mijn beeld van konijnen voorgoed geruïneerd,' zegt Fay ernstig.

'Jij dat van kanaries... Als ik die van mijn opa zie,' zegt Meije moeizaam, 'verwacht ik een heel verhaal... komt er nog geen "twiet" uit.'

Fay lacht. 'Nee, dat doen alleen die van mij. Weet je opa wat er aan de hand is?'

'Soms... meestal niet.'

Mieke komt binnen en pakt het kopje van Fay af. 'Die is wel droog,' zegt ze en loopt weer weg.

Mieke, Sander, papa en Fay zitten aan tafel. Ze hebben alle vier hun toetje laten staan.

Mieke heeft afgeruimd maar is weer gaan zitten. 'Ik heb geen puf om koffie te zetten,' zegt ze. 'Ik ben op.'

'Ik maak wel,' zegt papa.

'Jij zet hem altijd te sterk,' moppert Mieke.

'Meer is beter,' zegt papa.

'Zo kook jij ook,' zegt Mieke.

'Hoe bedoel je?'

'Je maakt altijd te veel. Alsof je voor een heel weeshuis kookt.'

'Heb ik dat niet al honderd keer eerder gehoord?'

'Ik zet wel koffie,' zegt Fay en staat op.

Maar dan horen ze een bons. Ze kijken meteen naar het bed in de woonkamer. Het rode boek is uit de uitgestrekte hand van Meije gegleden en ligt op de vloer.

Mieke, papa, Sander en Fay gaan om haar bed staan en zien hoe het laatste beetje Meije haar lichaam verlaat.

Deel 2

Fay fietst met wind tegen naar huis. Ze houdt het rode boek stevig onder haar jas tegen haar borst aan gedrukt. Thuis zet ze haar fiets tegen de garage en loopt naar de voordeur. Haar ouders staan in de hal. Haar vader draagt een smoking en haar moeder een rode avondjurk met glitters. Nadat Fay hen opgebeld had om te vertellen dat Meije overleden was, zijn ze meteen naar huis gekomen.

Haar moeder wil haar omhelzen, maar Fay loopt langs haar heen de trap op, naar haar kamer. Ze legt het rode boek op haar nachtkastje en trekt haar jas en schoenen uit. Ze maakt een staart van haar losse haren en druppelt lotion op een wattenschijfje. Zacht wrijft ze over haar ogen. Eerst lijkt ze op een pandabeer, met zijn ogen die bijna verdwijnen in grote zwarte vlekken. Ze heeft meerdere wattenschijfjes nodig om de mascara en het oogpotlood weg te poetsen. Als ze de zwarte lipstick verwijderd heeft komen haar volle roze lippen tevoorschijn. Ze herkent zichzelf bijna niet meer. In de spiegel woont een leeg meisje, een meisje dat daar vroeger altijd woonde, maar nu alleen 's avonds laat.

Het is stil. En binnenin zitten de kanaries op hun stok te dommelen op de ruis van die dag. Er wordt geen commentaar gefloten. Buiten rijden er geen auto's meer en de mensen zijn opgehouden met praten. Ze liggen in bed en ademen samen met de nacht in en uit. Er wordt niet geschreeuwd of gehuild. Het is stil, en dat is anders dan Fay gedacht had.

Ze stroopt de zwarte kleren van haar witte lichaam en kruipt in hemd en onderbroek in bed.

Ze pakt het rode boek. Het was een cadeau aan Meije en nu ligt het weer bij haar. Nog geen jaar later.

De kanaries fladderen wild heen en weer. Ze fluiten moord en brand. Fay slaat het boek toch open.

MIJN VIJFTIENDE VERJAARDAG

Lief Dagboek... haha, dat ga ik er dus niet boven zetten. En ik ga dit boek ook niet gebruiken om gedichten in op te schrijven. Ik schrijf liever gewoon, dan hoeft het ook niks te worden.

Fay bladert door het rode boek. Er staan inderdaad geen gedichten in, alleen stukken tekst met een datum erboven.

Ze aait met haar hand over het handschrift, dat onmiskenbaar dat van Meije is. Schuin, sierlijk en een beetje ouderwets.

Dit jaar wordt een heel ander jaar. Ik vertel niet meer wat ik voel, want dat zorgt alleen maar voor verwarring.

Dus...

'Straks als de zon schijnt... even doorzetten... ga even lekker in de zon fietsen... de winter is bijna voorbij, joh.'

Verschrikkelijk, die frustrerende 'lenteadviezen'.

Maar! ik ga er nu aan meedoen.

'Leve de zon!' zal ik roepen.

Net als iedereen! Het gaat goed! En dat gedoe aan de binnenkant gaat vast een keer over.

Fay glimlacht. Meije leek zo gewoon, aan de buitenkant, maar dat was niet zo.

Ik zit op de boot
met Fee
midden op zee
En het enige wat ik denken kan
is:
was ik maar thuis

Ze ziet dat Meije haar naam geschreven heeft zoals ze hem vroeger schreef. Fonetisch en zoals ze het liefst had dat het klonk, sprookjesachtig.

'Lief,' mompelt Fay. 'En op die boot, daar was ik zelf bij, dan mag ik het toch zeker lezen?'

De kanaries beginnen wild te fladderen en te piepen.

'Ze vroeg of ik het wilde verbranden. Ze heeft niet gezegd dat ik het niet eerst mocht lezen. Toch? En als je een dagboek schrijft, doe je dat voor iemand. Iemand die je kent, of lezers in het algemeen. Denken doe je in je hoofd. Zodra het op papier staat kan het gelezen worden,' legt Fay aan haar kanaries uit.

Maar de kanaries pikken het niet en blijven piepend rondfladderen in haar hoofd.

'Kop houden!'

Fee voert de meeuwen. Dat mag niet. Daarom doet ze het juist wel. Dat is Fee. Ook al loopt ze het risico dat er op haar hoofd gepoept wordt.

Fay giechelt.

Meije zat voorovergebogen over het rode boek.

'Eet jij je brood nog op?'

'Nee.'

'Mag ik het dan?'

'Heb je honger?'

'Nee.'

'Waarom dan?'

'Daarom.'

Meije gaf de krentenbollen aan haar en schreef verder. Fay scheurde het brood in stukjes en gooide het naar de meeuwen die hongerig op de wind zweefden.

'En ik maar denken dat ze gedichten schreef. Over de wolken. De zee,' zegt Fay. Niet dus.

Het is nog steeds vandaag, maar ik zit niet meer op de boot en ik ben ook niet op Terschelling. Rara hoe kan dat?

Papa is ons komen halen. Hij heeft een snipperdag genomen om mij te redden. Fee en ik zitten nu in de auto.

Fee is chagrijnig. We hebben dit al een keer eerder meegemaakt bij een concert en ik kon haar toen niet uitleggen waarom ik weg moest. Nu ook niet. Maar het moest!

Ik was zo wanhopig dat ik ging hyperventileren. Fee schrok zich dood.

Meije zat in elkaar gedoken op het bankje.

'Wat is er aan de hand?' vroeg Fay.

'Ik wil naar huis,' piepte Meije.

'Wat is er dan?'

Meije begon te huilen. Haar ademhaling ging zo snel dat haar lichaam ervan schokte.

De jongens naast hen kwamen aanzetten met een plastic zak waarin Meije kon ademen. Dat hielp. Langzaam werd haar ademhaling weer normaal.

'Wat is er dan?'

'Alles.'

'Wat alles?'

'Gewoon, leven.'

Ik kijk naar buiten en nu ben ik zo opgelucht dat ik niet kan ophouden met lachen. Gelukkig zit Fee achter me. Die snapt er natuurlijk niks van. Nou, ik ook niet. Ik weet wel dat ik nu weer even veilig ben.

10 MEI

Vandaag naar de dokter geweest. Hij zei: 'Ik zeg het meteen maar. De uitslagen van de bloedtest waren niet goed.'

'O? Wat is het dan?'

'Dat kan ik niet zeggen. Ze moeten in het ziekenhuis wat dingen nakijken.'

'Is het erg?'

De dokter zuchtte. 'Ik kan er nog niet zoveel over zeggen. Ik wil je niet ten onrechte bang maken. Misschien is het niks, maar het is belangrijk dat je zo snel mogelijk een specialist ziet.'

Ik hoorde het niet. Ik hoorde het wel.

'Hier is je verwijsbrief. Je kunt meteen langs het ziekenhuis.'

Ik knikte.

'Ik hoop dat je het goed kunt vinden met de nieuwe huisarts,' zei hij. 'Hij is nog jong. Ik zal in ieder geval jouw dossier boven op zijn bureau leggen. Dan weet hij dat het prioriteit heeft.'

Ik stond op en stak mijn hand uit. 'Veel plezier in het nieuwe huis.'

'Sterkte, meid,' zei hij en gaf me een hand.

Fay fronst haar wenkbrauwen. Nog meer onderzoeken? Daar had Meije niks over gezegd.

Ik fietste naar het ziekenhuis. Het is best een lelijk ziekenhuis. Lomp, grijs.

Ik zag het wel. Ik zag het niet.

Voor ik het wist fietste ik door en nu ben ik thuis. Met mijn verwijsbrief.

11 MEI

Het grappige is dat als je met je vingers langs je gezicht gaat, dat je dan, als je drukt, niet je huid voelt maar de schedel. De losse kaak met de tanden erin. Je neus, die niet meer is dan twee gaten. En aan beide kanten van de neus twee holle kassen, als je de ogen even wegdenkt.

De dood zit in iedereen, direct onder de huid. Hij beweegt net zolang met je mee totdat de jas ermee ophoudt.

Grappig toch?

'Niet echt,' zegt Fay.

13 MEI

Elke keer als de telefoon gaat denk ik dat het de nieuwe huisarts is die belt om te vragen of ik al naar het ziekenhuis ben geweest.

Of dat het ziekenhuis zelf belt omdat ze doorgekregen hebben dat ik eraan kom, en dat ze zich afvragen waar ik blijf.

Maar het gebeurt niet.

Thuis heb ik gezegd dat ik bloedarmoede heb. Daarom heeft Mieke een bak rozijnen op mijn bureau gezet. Zit veel ijzer in.

Ik heb nog nooit gelogen tegen mijn Mieke. Dit is voor het eerst.

'Huh?' zegt Fay.

Er wordt van uitgegaan dat als je ziek bent, je meteen naar een dokter rent. Iedereen doet dat. Je wilt tenslotte beter worden. Toch? Of niet?

Ik... Ik wil niet... Ja, wat wil ik niet? Ik weet het niet. Ik wil niet naar het ziekenhuis. Ik wil niet onderzocht worden.

Dan ben ik maar ziek. Wat kan mij dat schelen.

'Huh?!' zegt Fay nog een keer. Ze schudt haar hoofd. De kanaries vallen van schrik van hun stok.

16 MEI

Niemand ziet me, omdat ik moe ben. Niemand ziet mij, omdat ik op mijn kamer blijf zitten en niet naar buiten wil.

Ik wil niet fietsen. Ik wil niet dansen. Ik durf niet verliefd te zijn. Ik durf niet te kiezen, straks kies ik verkeerd!

Ik ben bang. Bij elke stap die ik doe ben ik bang. Bang dat mijn voet blijft haken en ik val.

En dan val ik toch. In mijn hoofd. Over niets, iets wat hol en groot is.

Hoe leg ik dat uit?

Hoe leg ik uit dat als ik in de spiegel kijk ik mezelf niet herken. Ik zie een meisje. Verder niks. De angst en de moeheid zitten onzichtbaar aan de binnenkant, maar dát ben ik echt. Dat wat je niet aan de buitenkant ziet is Meije. Het omhulsel is een reflectie van wat zou moeten zijn. En daar praten de anderen tegen, terwijl de echte ik onzichtbaar blijft. En dat wil ik niet. Dat is ondraaglijk.

De kanaries zijn terug op hun stok gekropen. Ze zijn stil. Piepen heeft geen zin meer. Fay heeft besloten net zolang

73

te lezen tot ze precies weet wat er aan de hand is. Ze bladert door tot ze weer iets over een dokter leest.

Misschien belt de nieuwe dokter wel helemaal niet. Misschien heeft hij stapels dossiers verplaatst en lig ik nu onderop. Dan weet niemand dat ik naar het ziekenhuis moet.

Misschien moet ik morgen gewoon gaan. Zeg ik dat ik die brief kwijt ben?

20 MEI

Ik strooi kruimels op mijn bord als ik te misselijk ben om te eten. Dat werkt wel. Het mes even door de chocopasta halen en het lijkt of ik een behoorlijk ontbijt achter de kiezen heb.

Alleen de lucht van eten maakt me al kotsmisselijk.

26 MEI

Ik kreeg een gevulde koek van Daniël. Zomaar. Hij is aardig en rustig en grappig. Ik zou best verliefd op hem kunnen worden.

Als ik hem was zou ik op Fee vallen, en als ik Fee was, ik ook op hem. Niet op Floor.

'Ik zou nooit op Daan vallen,' mompelt Fay. 'Ben je nou nog naar het ziekenhuis gegaan, of hoe zit dat?'

30 MEI

Ik heb een plan. Het is briljant, al zeg ik het zelf.
Het zit zo: ik voel me nergens thuis. Niet in mijn li-

chaam, niet op mijn kamer, niet in dit huis, niet in dit land. En ook niet op de wereld.

Dat had ik al toen ik klein was. Heimwee, zo noemden ze dat als ik moest huilen bij een logeerpartijtje. Maar het zit veel dieper. Ook als ik thuis ben heb ik heimwee. Naar iets wat niet hier is. Naar rust. Rust zonder mensen. Zonder gedoe. Zonder spanning.

En ik ben zo stom geweest dat aan mijn ouders te vertellen. Ze snapten er niks van. Dat ik vind dat mensen ingewikkeld in elkaar zitten. Dat er te veel ellende op de wereld is. Dat ik hier niet hoor. Dat vooral. Ik pas hier niet.

Papa en Mieke keken elkaar aan en knikten. 'Puberteit,' zeiden ze.

Volgens mij is het meer dan dat. Maar ik weet niet hoe ik dat uit moet leggen. Ik kan het wel vertellen, maar ze kunnen het niet voelen en dan zullen ze het ook nooit begrijpen.

Ik ben gestopt met uitleggen en ben begonnen met liegen. Het gaat goed met mij. Al maandenlang.

Ik zou voor een trein kunnen springen. Maar dat is rottig voor de machinist. Laten we eerlijk zijn, organen horen aan de binnenkant.

Ik heb eraan gedacht om van een hoge flat te springen. Aan de rand van de stad staan er drie. Je kan zo naar boven en van de hoogste verdieping ben je zo weer beneden. Maar ook dat geeft troep.

En niet alleen die troep, maar ook dat je moet liegen.

'Ik ga even fietsen. Ben zo terug.'

Dat je geen afscheid kunt nemen. Dat je het helemaal in je eentje moet doen, en dat terwijl je weet dat iedereen boos op je zal zijn.

Dat wil ik niet. Ik wil sterven in een bed waar iedereen omheen zit. Ik wil afscheid kunnen nemen. Ik wil dat ze boos op de ziekte zijn en niet op mij.

Als ik nu niet naar het ziekenhuis ga, en ik ben echt ziek, dan wordt het alleen nog maar erger. En als mijn lichaam dan uiteindelijk zo ziek en uitgeput is, dan is het vast te laat voor een behandeling. En dan ga ik dood!

Dan mag ik thuis sterven op de manier die ik wil. Met iedereen om mijn bed en niet alleen, lopend langs het spoor of staand aan de rand van een dak.

En niemand zal boos zijn, want ziek zijn is iets wat je overkomt. Je niet thuis voelen op aarde is een keuze.

'Dit kan niet,' mompelt Fay. 'Daar was ik bij! Ik heb naast haar gezeten in de klas. In de tuin. We zaten elke pauze samen. Op haar kamer. En ik heb niks gezien! Meije zou zoiets nooit doen! Het is verzonnen!'

We hebben een jongen op school van wie ze zeggen dat hij vroeger een meisje was, daar merk je niks van. Hij ziet er echt uit als een jongen.

Het gebeurt wel vaker dat meisjes zich jongen voelen en andersom. Ze zijn in een verkeerd lichaam geboren.

Ik weet niet hoe dat vroeger ging. Ik denk dat het in de Middeleeuwen niet echt gewaardeerd werd als je als meisje in mannenkleren ging lopen en je je haar afknipte. Waarschijnlijk belandde je op de brandstapel.

Tegenwoordig kunnen ze met hormonen en operaties de boel aanpassen, zodat je lichaam naar je geest komt te staan.

Ik dacht... kan het dan ook zijn dat je helemaal geen lichaam wilt zijn?

Dat elke keer als je in de spiegel kijkt, je jezelf niet herkent.

Dat het onprettig is om te eten, omdat je liever licht zou willen zijn. Geen lichaam zou willen hebben.

Dat je het leven op aarde niet kunt begrijpen. Je probeert wel mee te doen en na het bestuderen van andere mensen ga je snappen wat er van je verwacht wordt.

Maar het blijft toneelspelen. Je lijkt een lichaam, maar je bent angst.

Wat voor ziekte heb ik dan en wat is eraan te doen?

Iemand die niet op aarde wil zijn kun je niet een ander lichaam geven, die moet een andere ziel, en dat is nog niet mogelijk. Dan blijft alleen de dood over. Maar wie zou zo iemand helpen met sterven? Wie helpt een vijftienjarig meisje zonder trauma's, met goede cijfers en aardige ouders in een land waar je geen honger hoeft te lijden?

Eerst moet je anderen zover krijgen dat ze je geloven. Dat je niet aan het puberen bent. Dat het er vroeger al was en dat het al die tijd gebleven is. Voor je het duidelijk gemaakt hebt wat er aan de hand is, ben je zo een leven verder. Een leven dat er aan de buitenkant wel aardig uitziet, maar dat aan de binnenkant een hel is.

Vandaar mijn plan. De ziekte mag dit leven stoppen, wat mij betreft.

Het is alleen jammer dat ik ook nu moet liegen.

Verder vind ik het geniaal, zei het genie onbescheiden over zichzelf.

Fay gooit het boek op de grond. Ze gooit haar kussen erachter aan. En haar kisten. Het gebonk is in het hele huis te horen.

Er wordt op de deur geklopt.

'Fay? Hé, meissie?' vraagt haar moeder.

'Laat me met rust!'

'Zal ik anijsmelk voor je maken?' Haar moeder kijkt om de hoek van de deur.

'Nee!'

'Ik weet dat het moeilijk is, maar je hebt ook je slaap nodig,' zegt haar moeder rustig.

'Ik ben geen tien meer!'

'Ik zeg het ook tegen je vader.'

'Die is ook geen tien meer!'

'Je geeft me ook geen millimeter, hè?' zegt haar moeder, nog steeds rustig.

Fay bijt op de binnenkant van haar wang.

'Je weet dat we van je houden.'

'Pf,' zegt Fay.

'Als je wat nodig hebt, dan roep je maar.' Haar moeder doet de deur dicht, en ze loopt de gang over naar de grote slaapkamer.

Fay slaat met haar handen tegen haar hoofd. Zo hard dat de kanaries van schrik overal poepen. Haar hele schedeldak komt vol grijze en bruine flatsen te zitten. Veertjes dwarrelen in de rondte.

Het duurt even voor de orde zich herstelt.

Fay staat op om het rode boek weer te pakken.

2 JUNI

Ik heb een bundel van Neeltje Maria Min uit papa's boekenkast getrokken. Eigenlijk alleen maar omdat ze zo'n mooie naam heeft. Papa zegt dat ze ook heel mooi schrijft.

Het is niet alleen mooi, maar ook verdrietig. Het gaat over leven dat kapotgemaakt wordt, terwijl het nog nergens weet van heeft. Zoals deze:

> *het was donderdag*
> *de moeder bood geen tegenstand*
> *de moeder doodde ondoordacht*
> *de kinderlijke tegenmacht*
> *de dag ging over in de nacht*
> *en in de kamers woedde brand*
> *en in de kamers heerste wind*
> *en in het kind verging het kind*

Alles wat ik lees en zie, dat zijn nare dingen. Alsof ik het aantrek. Ik zal een ander, lichter gedicht voor Fee opzoeken.

We zitten in de kantine onze boeken uit te gummen. Ze moeten schoon weer ingeleverd worden, zodat de volgende leerling er zijn eigen dingen bij kan krassen. Fee heeft alleen in een Frans studieboek een heel klein berichtje achtergelaten voor de volgende leerling.

'Een bemoedigende tekst om hem of haar een hart onder de riem te steken.' Aldus Fee.

Fee houdt niet van school, zegt ze. Maar op school ziet ze er altijd gelukkig uit. Ze kan goed leren. Ze kent veel mensen en ze weet de weg.

'Ik word gedoogd,' mompelt Fay.

Vanavond is het schoolfeest en ik ga kussen! Want... ik heb in mijn lippen nog duizend kussen liggen, en het zal heel ongemakkelijk doodgaan zijn, als al die kussen nog ongebruikt in mijn mond liggen te kriebelen.

En stel dat de kus zo goed is...

28 JUNI

Gisteren was het schoolfeest en ik heb met Pieter gedanst. Hij is blijven zitten en is een jaar ouder dan ik.

Op een gegeven moment zijn we naar buiten gegaan. Even afkoelen. Niet dus! Mijn hele lichaam trilde toen hij me vastpakte. Hij duwde meteen zijn tong naar binnen, maar mijn mond was nog niet eens open.

Het ging zo snel. Zijn tong maaide door mijn mond als een op hol geslagen ventilator. Zeeziek werd ik ervan. En hij ging maar door.

Ik ontkoppelde me door hem weg te duwen en zei dat ik naar de wc moest. 'Al dat bier,' heb ik gemompeld.

Bij de toiletten stond Fee uit verveling haar make-up

bij te werken. Ze wilde naar huis, omdat Floor er toch niet was. We zijn weggesneakt door achter het fietsenhok langs naar het hek te lopen.

Nou... ik ben in ieder geval niet langer ongekust. Er liggen nog 999 ongebruikte kussen in mijn lippen opgeslagen, maar ze kriebelen niet.

Leuker dan het hele feest zelf was, was dat Fee en ik nog een tijdje buiten op het veld gezeten hebben. Fee heeft het moeilijk thuis. Ze wil een tattoo en dat mag niet.

Ze zegt dat ze liever Mieke als moeder zou willen hebben, omdat ze denkt dat van haar alles wel mag. Maar Mieke is juist heel streng. Als ik tegen haar zeg dat ik geen zin heb, dan zegt ze dat ik maar zin moet maken. En dat meent ze echt. Zij mocht vroeger niks. Zoals sporten. Of rondhangen met anderen. En ik wil niks, maar ik moet wel van alles.

'Waarom ga je niet op volleybal?'

'Zit je nu alweer op je kamer? Hup, naar buiten. Ik wil je voorlopig niet meer zien.'

'Bel iemand op.'

Toen Fee een tongpiercing had laten zetten, is ze bij ons blijven slapen. Ze was het huis uit gezet en mocht pas weer terugkomen als 'dat ding' eruit was. Eigenlijk was ik het wel met haar moeder eens. Het lijkt even leuk maar je houdt altijd een gat, ook als je hem later niet meer wilt.

Ik was bang dat ze ergens achter zou blijven haken. Achter de piercing of een beugel van een jongen, en dat haar tong dan uit zou scheuren. Ik heb daar zo mijn beelden bij.

Maar hij ging eruit en ze ging weer terug naar huis.

Nu wil ze dus een tattoo, maar ik denk dat dat helemaal niet gebeuren gaat. Maar dat zeg ik niet. Fee moet het zelf weten. Ze schiet alleen zo in de stress, terwijl haar ouders gewoon bezorgd zijn. Haar moeder is echt lief!

Van de rest van de avond weet ik niet veel meer, want ik was dronken. Ik snap er de lol niet van, maar goed, ik ben nu wel een keer dronken geweest! Hebben we dat ook weer gehad.

3 JULI

De nieuwe dokter belt echt niet... En ik heb overal pijn...

7 JULI

Als Klont kon praten zou hij niks zeggen. Hij zou op schoot tegen me aan komen liggen, vachtvol uitdijen en slapen. Net als anders.

Hij hoeft niet naar school. Hij hoeft alleen af en toe een vogel uit de lucht te graaien. En eigenlijk hoeft dat ook niet, want wij hebben blikjes dood konijn.

Hoe komt hij nou zo gelukkig? Hij ziet er elke dag zo tevreden uit. Hoe doet hij dat?

15 JULI

Mijn eerste dagboek kreeg ik toen ik tien was en het was verschrikkelijk om terug te lezen, zo serieus als het was. Zo serieus als ik was. Ik dacht honderd keer na voor ik iets deed. Het was een wonder dat ik nog bewoog en ergens aankwam.

Dat is eigenlijk nog steeds zo. Als Fay vraagt of ik mee ga fietsen, dan denk ik: Nee!

Het idee alleen al dat ik mijn fiets uit de schuur moet pakken. Zo zwaar. En dan is de band leeg. Moet ik hem oppompen. Stel dat we een lekke band krijgen! Ik kan helemaal geen band plakken...

Maar omdat zij het vraagt doe ik het toch.

Als niemand iets vraagt, dan blijf ik op mijn kamer zitten. Hoef ik tenminste niet door die stroop heen met mijn loden lichaam en hoef ik ook niet overal honderd keer over na te denken voor ik iets doe.

Het is niet leuk om dagboeken terug te lezen. Over hoe naar ik het vond om naar de middelbare school te gaan. Geen eigen tafel, geen klascavia en geen eigen meester.

Ik vond het niet een beetje vreselijk. Het was niet even wennen.

Het eerste jaar, dacht Fay. Ik had donkerblond haar en Meije droeg een haarband. We moesten nog zoeken naar lokalen. Elk vak een ander lokaal. En het Stedelijk was zo druk, zo vol en zo diep.

We dronken yoghurtdrink in de kantine waarbij we schichtig om ons heen keken, op zoek naar bekenden. Haha. Dat is lang geleden.

O ja. En Meije zei, zomaar uit het niets, langzaam: 'Dit wil ik niet.'

Ik wilde dit ook niet. Ik wilde ook terug naar de basisschool.

Maar wilde ze... toen al?

Het eerste jaar werd het tweede en we raakten gewend. Dacht ik.'

Vandaag heb ik dagboeken, brieven en schrijfselschriften verbrand, buiten in de tuin. Het is heerlijk om mezelf in rook op te zien gaan. Nu weet ik precies wat er van mij overblijft. Niets. Er blijft niets van Meije over, want ik zal ook dit boek verbranden. Niemand zal weten wat ik gedaan heb.

Wat een geluk dat niemand weet
dat ik Repelsteeltje heet.

Hihi

'Trut,' zegt Fay.

Een paar stukjes heb ik uitgeknipt omdat ik... ik weet niet waarom. Omdat ze zoveel zeggen in zo weinig woorden. Omdat als ik ze lees ik weer weet waarom ik moet doorzetten, ook al doet alles in mijn lichaam nu pijn en schreeuwt het om hulp.
  Deze:

'Ik huil. Zit in een hoekje met mijn hoofd tegen de kast. Liefst zou ik in een laatje kruipen. Ik kan een mes pakken en mezelf in stukken snijden. Stuk been. Stuk arm en dan laatje open. Ik erin. Laatje dicht.'

'God kan onmogelijk bestaan. Alleen een randdebiel kan zo'n ondraaglijk lelijke wereld in elkaar zetten.'

Allebei uit het eerste jaar van het Stedelijk. En deze komt nog uit groep acht:

'Hé! Die voeten, horen die bij mij?
  O ja.
  En die benen? Die ook?
  En die armen, die passen toch niet. Het zijn wel mijn handen die daaraan vastzitten.
  Ja, is het echt waar? Is dit mijn lichaam?
  Hm.
  Ik wil het niet.'

23 JULI

Vroeger dacht ik dat ik tussen de wolken geboren was. Zoals andere meisjes fantaseerden dat hun ouders eigen-

lijk koning en koningin waren en zij prinses, had ik enge-
len als echte ouders.

Ik was geadopteerd, Fay glimlacht als ze eraan terugdenkt.
Ik ging met Meije op zoek naar mijn echte ouders. Kijken
op straat wie er op mij leek en dan vragen of ze een kind
hadden afgestaan. Mijn moeder vond dat niet zo leuk.

*Ik dacht toen dat ik me daarom niet thuis voelde op aar-
de. Omdat ik eigenlijk uit de lucht kwam en daar weer
naar terug wilde.*

Op de volgende bladzijde zit een foto geniet. De foto van
een stralende Meije in een trouwjurk, alsof ze met de ware
jakob voor het altaar staat.
    *Dit was leuk om te doen. Nu weet ik toch hoe ik eruit-
gezien zou hebben als ik doorgeleefd had en was gaan
trouwen* staat er onder de foto gekrabbeld.

'Als ik geweten had dat je er dat bij dacht,' zegt Fay, 'dan
had ik hem zeker niet genomen. Ik had je regelrecht naar
het ziekenhuis gesleept en je eigenhandig een chemokuur,
of wat ook, door je strot gedouwd.'

11 AUGUSTUS

*Ik moet een lange broek aan, want mijn benen zijn heel
raar dik geworden. Het ziet er niet uit en het doet erg
pijn.
    Tegen Fee heb ik gezegd dat ik niet bruin wil worden.
Dat het slecht is en uit de mode. Ze gelooft het. Het is een
wonder hoe snel mensen je geloven. Ook dingen voor me
houden gaat makkelijk. Ik heb zelfs niet tegen Fee gezegd
dat ik Floor had gezien met een meisje. Zoenend. Ze zou
gek worden.*

84

Het is een wonder hoe makkelijk het is om te liegen.
Dat had ik niet van mezelf verwacht.
Mijn moeder en vader vinden dat ik er goed uitzie. Ik
lach stralend als ik ze zie. Dat maakt een boel uit. Uit-
straling.

Fay bijt op haar lip. Het is niet waar wat ze leest. Het kan
niet waar zijn wat ze leest.

'Wat schrijf je?'
Fee ligt met haar kont in het opblaasbare kinderzwem-
badje van vroeger.
'Dat je niet in het water moet piesen.'
'Haha. Lees eens voor.'
'Nee.'
Ik zit onder een parasol in de schaduw. De zon is veel te
heet. Je hebt zo huidkanker te pakken, en dat willen we
natuurlijk niet.
'Ik weet op wat voor type ik val,' zegt Fee.
Ze heeft een mannentest uit een blad gemaakt. Even
lezen hoor.

Hihi. Ze valt op onbereikbaar.
'Lekker handig...'
'Ja hè? Nu ga ik hem nog een keer invullen zonder te lie-
gen.'
Altijd grappig, mijn Fee. Op de kleuterschool liet ze me
al in mijn broek piesen van het lachen.
'En daarna moet jij ook.'
Ze spettert rond in het bad. Het water zal nu wel ko-
ken.
'We kunnen nog even gaan zwemmen.'
'Nee, wil ik niet.'
'Nee,' doet ze me na, 'wil ik niet.'

Morgen boeken halen en kaften... Ik heb er helemaal geen zin in. Ik haal het einde van het jaar toch niet. Denk ik.

Mieke roept dat er thee is. Moet ik helemaal naar beneden... Trap af...

Vroeger, dat is twee jaar geleden, wilde ik dierentrainer worden. We waren met z'n allen naar het dolfinarium geweest en ik was diep onder de indruk van de dolfijnen. De kunstjes waren niet zo boeiend, maar die trainer mocht met ze zwemmen. Hij gaf ze vis en kon ze aanraken!

Ik ging dolfijnen sparen. Boeken lezen. Op internet surfen en plaatjes downloaden. Tot ik erachter kwam dat dolfijnen niet echt gelukkig zijn in gevangenschap. Zo planten ze zich bijna niet voort.

Toen wilde ik dierenarts worden. Maar al snel kreeg ik door dat dat ook niet leuk is. De dieren die binnenkomen zijn altijd ziek en zielig.

Daarna kon ik niks meer bedenken. Er zat altijd een addertje onder het gras. En, hoera, nu hoeft het niet meer, want vandaag had ik mijn laatste eerste schooldag!

'En jij hoeft de rest van je leven ook niet vroeg op. Jij hoeft niet te studeren. Jij hoeft geen vriend te versieren. Jij hoeft je ook niet af te vragen of je met hem zult trouwen. Of je kinderen wilt. Jij hoeft je ouders niet te begraven, want dat hebben zij al met jou gedaan.' Fay wrijft met haar handen over haar gezicht. 'Hoe heb je dit kunnen doen!'

Ze staat op en loopt naar de spiegel. 'Ik wil niet om jou huilen.'

De tranen lopen over haar gezicht. Ze wil met haar vuist

tegen de spiegel slaan, bedenkt zich en legt haar hand over haar spiegelbeeld. 'Je bent gevlucht uit deze zogenaamde vreselijke ellende, weg van ons, van mij, en je hebt een ongelooflijke troep achtergelaten. Maar jij hebt er geen last meer van. Dat is inderdaad geniaal. Ik heb het ook niet altijd leuk, maar ik zoek door. Ik geef niet zomaar op.

Het is stil in de kamer.

'Wat als ik het geweten had?' fluistert Fay. 'Was je maar hier, dan zou ik je de huid vol schelden. Bitch!'

5 SEPTEMBER

Lieve doodswens

Morgen houd ik op als mens te bestaan
Ik trek een snavel en honderdduizend bruine veertjes
   aan
Ik word koning met opgeheven staart
Ver van die kamer waarin de dood
mijn koortsig hoofd kust,
ben ik koning.

19 SEPTEMBER

Gisteren lag ik in bed en bedacht ik dat ik wel zou kunnen gaan roken. Of drugs gebruiken. Ik zou onveilige seks kunnen hebben. Eigenlijk zou ik alles kunnen doen wat gevaarlijk is.

Ik kwam op het internet mensen tegen die aids hebben en het dan 'cadeau' geven aan mensen die niet seropositief zijn. Die mannen kunnen, als ze dan eenmaal besmet zijn, zorgeloos... je weet wel.

Maar ik wil al die dingen helemaal niet doen. Je moet toch wel van leven houden, wil je kunnen genieten van levensgevaarlijke dingen.

Ik denk dat als ik in een raceauto zit, ik helemaal geen adrenaline aanmaak. Mijn lichaam zal gewoon opgelucht vaststellen dat het bijna voor altijd mag slapen. Tevreden zal het het gaspedaal nog iets harder indrukken.

Ben wel meteen weer begonnen met duimen. Dat is fijn.

11 OKTOBER

Het is donderdag. Ik zit in de huiskamer. Papa leest de krant. Mieke geeft de planten water en Sander staat in de tuin bladeren te harken met zijn koptelefoon op. Hij zingt mee, dat kun je zien.

'Heb je geen huiswerk!' Mieke.

Ik doe alleen het hoogstnoodzakelijke. Ik haal net voldoendes. Zodat niemand zich zorgen maakt.

Het is fijn dat het niet meer perfect hoeft te zijn.

Het is raar dit te schrijven waar ze bij zijn. Stel dat ze even in mijn boek zouden kijken... Even zouden bladeren... De hel zou losbarsten.

Maar dat gebeurt niet. Ze bekijken nooit mijn post, luisteren geen telefoongesprekken af (ook niet per ongeluk, zoals Fays moeder) en ze komen allang niet meer op mijn kamer.

Voor de zekerheid houd ik het of in mijn handen, of het ligt onder het kleed, onder de losse plank, onder mijn bed.

Want met Sander weet je het nooit.

Mieke haalt de dode blaadjes uit de planten. Het maakt een knisperend geluid. Papa slaat de bladzijden van de krant om. Dat ritselt. De staart van Klont slaat tegen de krant.

Ik wed dat Mieke zo thee gaat zetten.

'Zal ik ze verbranden!' Sander komt binnen.

'Dat hoeft toch niet?' Dat is Mieke.
'Dan ben je het kwijt.'
'We gaan eerst theedrinken.'
Mieke gaat de keuken in en Sander zet buiten de vuur-korf klaar. Ik ben de enige die geen geluid maakt.

WEEKEND 13 OKTOBER

Mijn hoofd bonkt terwijl ik op mijn bed lig. Ik heb het warm en koud, maar ik ben blij dat ik even niet rechtop hoef te zitten op school. En dat ik mijn tas niet hoef te dragen. Die wordt ook steeds zwaarder.

Fee en ik kochten wel eens een fles cola van anderhalve liter bij de super om de hoek. Tot ik overstapte op blikjes. Zogenaamd omdat ik op dieet ben. Fee pruimt dat niet, dus nu drinkt ze in haar eentje anderhalve liter cola weg. Dat is niet gezond.

'Gezond is voor later.' Dat is echt Fee.

Mijn hand ging trillen van die zware fles, maar die blik-jes gaan prima. Drinken gaat sowieso makkelijker dan eten.

28 OKTOBER

Fee weet nu dat Floor een vriendin heeft. Ik had hem al met haar zien lopen, maar durfde niks te vertellen.

Ze zeggen dat liefdesverdriet de ergste pijn is. Het doet pijn binnen in je lichaam, terwijl mijn pijn om mij heen zit als een schil. Eigenlijk ben ik een ui met een heleboel lagen – rokken noemen ze dat toch? – en daar binnenin zit de echte ik. En niemand kan mij pellen. Ikzelf ook niet.

Fee heeft een bloedrode jurk gekocht. Heel sexy. Zo'n hier-ben-ik-jurk. Daar gaat ze een onvergetelijke indruk mee maken.

Ik heb rouge gekocht, zodat ik niet zo bleek...

Ik moest overgeven. Wat is dat toch goor.

De laatste keer Sint-Maarten. Ik zit bij de deur met een schaal snoep op schoot. Kan gewoon niet meer.

Mieke is boos omdat ik niet naar de dokter wil. Heb gezegd dat ik bang ben dat zij denken dat ik weer in therapie moet. Ging huilen en toen hoefde het niet.

Deurbel.

Vroeger. Met Sander de deuren langs. Bang dat er een lampion in de fik zou gaan. En dat gebeurde ook altijd. Sander met de reserve op pad.

Met volle zakken naar huis en thuis alles op tafel storten.

En verdelen.

Mandarijntjes eruit.

Ik kon het lang bewaren.

Maar Sander at de hele nacht door en dan was het de volgende ochtend op.

Deurbel.

Ik voel me goed in mijn hoofd. Licht. Als een vogel, en dat is fijn.

Extra kleren over elkaar aangetrokken zodat het gewichtsverlies niet zo te zien is. Lange mouwen over mijn polsen.

Volgens mij komen er geen kinderen meer.

Even de roosvicee met extra ijzer door de gootsteen gieten. Ze denken dat ik weer bloedarmoede heb.

Mieke komt binnen.

Lieve mama.

Ik mis boeken lezen. Kan me niet concentreren.

Kamer verder opruimen. Geen troep achterlaten.

Ook al gaat het langzaam. Bukken, rapen, alles doet pijn.

Wat zou ik hebben?

Huiswerk blijven maken. Proberen zo weinig mogelijk onrust te veroorzaken.

23 NOVEMBER

Seks...

Geen seks. Ik zal als maagd de grond in gaan. Dat is toch wel jammer. Zou best willen weten waar al die ophef goed voor is. Het moet lekker zijn.

Dat soort dingen denk ik terwijl ik nutteloos op de vloer van mijn kamer lig. Kan alleen nog een beetje schrijven.

24 NOVEMBER

Soms denk ik over de crematie. Hoe het zal zijn. Voor papa, Mieke en Sander.

Heb een doos voor Sander gemaakt. Met zesenzeventig brieven erin voor verschillende situaties. Dus mocht hij over een paar jaar slagen voor zijn diploma, dan is er een envelop voor hem met een brief waarin ik hem feliciteer.

Een brief voor als hij homo blijkt te zijn. Dat het helemaal klopt volgens Darwin. De natuur heeft van alles uitgeprobeerd. Olifanten met vier slagtanden, olifanten met een dikke vacht, mensapen, aapmensen en ook of het misschien handig is gelijke seksen met elkaar te laten paren.

Dat het niet echt handig blijkt, dat is een ander ding. Maar daar moet hij zich niets van aantrekken. Ook niet van wat andere mensen over hem zeggen.

Ik heb een brief voor hem geschreven als hij niet homo is en een kindje krijgt. Ik hou niet van baby's, maar ze schijnen net zo leuk te zijn als jonge hondjes en poesjes.

Een brief voor als hij naar de hotelschool gaat.

Een brief voor als hij niet naar de hotelschool gaat.

Een brief voor de eerste dag na de crematie.

Zo probeer ik er toch nog een beetje te zijn, maar ik blijf natuurlijk dood en daar blijf ik me schuldig over voelen.

Hoe zou de dood zijn?

Ik denk dat er niks is. Dat het net als slapen is. Dat je geslapen hebt, weet je pas als je wakker wordt. Dus als je niet meer tot leven komt merk je niet dat je dood bent.

Of is het raar wat ik nu schrijf?

Het lijkt me erg fijn. Al die rust.

'Fijn? Saai, zul je bedoelen.' Fay heeft zin in een sigaret, maar ze is bang dat haar ouders het ruiken. Hun kamer is naast die van haar.

Alle pijn weg. En nooit meer alleen. Nooit meer zo leeg.

Soms vind ik het ook naar. Dat alles weg is. Maar dan ook echt alles. Geen piezeltje blijft er over, en dat is weinig.

Ik hoop dat er iets is na de dood. Ik hoop dat de hemel een tafel is met twee stoelen. Op de ene stoel zit een man en op de andere stoel kom ik te zitten. En ik mag alles vragen en dat doe ik ook.

Ik vraag waarom er ellende is. Of God bestaat. Hoe de aarde is ontstaan. Of er een hemel is. Of er een reden is waarom ik op aarde ben en waarom hij een man is.

Op al die vragen geeft hij een antwoord. En met al die antwoorden word ik heel. Zoals ik hier maar niet kan worden, wat ik ook probeer. Maar daar, met alle antwoorden, is de puzzel compleet en het leven rond.

Gisteravond heb ik mijn fiets buiten laten staan. Ik hoopte dat hij er niet meer zou staan, of dat de banden lek gestoken waren. Dat is al eens eerder gebeurd. Van Sander hebben ze twee fietsen gestolen en bij die van Mieke waren de banden lek gestoken.

Maar niet bij die van mij. Hij stond er nog. Helemaal heel. Toen heb ik vanochtend flinke japen in mijn banden gemaakt.

Ik mocht bij Sander achter op de fiets naar school. En daar ging het me om. Ik kan dat eind niet meer naar school fietsen.

's Middags kreeg Sander op zijn donder omdat hem gevraagd was alle fietsen binnen te zetten. Arme Sander.

Ik ben net wakker en naast mij liggen alle cadeautjes die ik gekregen heb. We begonnen gisteren met een enorme berg pakjes en aan het eind van de avond was het een nog grotere berg papier en karton.

Ik vind Sinterklaas het leukste feest dat er is. De geheimzinnige voorbereidingen. De lamme gedichtjes. Alleen de pepernootjes zal ik niet missen. Toen ik klein was ben ik bijna in een pepernoot gestikt. Sindsdien eet ik ze niet meer. Schijtebak die ik ben. Eigenlijk zou ik er nog eens een moeten proberen. Beneden staat een bak met pepernoten en schuimpjes. Wacht even.

Ik heb twee pepernoten meegenomen en een hoop schuimpjes als beloning.

De geur alleen al... Nou, daar gaat ie. Neus dicht.

Goed kauwen. Slik.

Nou, dat ging heel goed. Hij smaakt precies zoals hij ruikt.

Moest toch overgeven. Sander lachen. Hij had zijn letter, zijn marsepein en al het andere snoep dat hij gekregen had vannacht al aan het toilet gedoneerd.
Maar ik vond het toch een overwinning.

Sander draait zijn cd. Hij heeft van mij een hiphopmeneer gekregen van papier en ijzerdraad. Alleen had die meneer buikpijn. Er zat ook een mesje bij, handschoenen en een mondkapje zodat er geopereerd kon worden. Ik zou ook buikpijn krijgen als er een cd met hiphop in mijn buik zat.
Ik heb een vulpen gekregen die ik moest zoeken op de 'vetste plek'. Ik dacht dat de surprise tussen Sanders waxpotten op zijn wastafel zou liggen, maar dat was niet zo. Toen dacht ik aan de frituurpan, maar die was schoon, en uiteindelijk, na een paar aanwijzingen, vond ik hem in de schuur, tussen de vetbolletjes.
Hij is heel mooi en schrijft lekker.
Ik schrijf er nu mee en ik vind wel dat je het kunt zien. Mijn handschrift is... zwieriger.

Gadver, moest weer overgeven. Zelfs dat doet pijn. Ik wil dat het stopt! Maar als ik... Nee.

7 DECEMBER

Er zijn eigenlijk heel veel mensen die zich niet prettig in hun lichaam voelen. Mensen die in de zomer niet met blote benen durven lopen. Of die niet durven te lachen vanwege hun scheefstaande tanden. Mijn oma wil nooit gefotografeerd worden. Als het dan toch gebeurt en ze heeft het in de gaten, dan legt ze een zakdoek op haar hoofd.

Ik vind de linkerkant van mijn gezicht mooier dan de rechterkant, dus als er een foto genomen wordt dan draai ik die naar de camera toe.

Sander wil niet zo lang zijn. Mieke kleurt haar haar. Papa gaat hardlopen vanwege zijn buikje.

Toen de beugel er bij Fee uit ging kwam ze trots haar rechte tanden laten zien. Ik zei dat het mij niet uitmaakte hoe haar tanden stonden. Toen werd ze boos omdat ze drie jaar met dat ding gelopen had.

Gedoe hoor, zo'n lichaam. Maar het zijn meestal stukjes van het eigen lichaam die mensen niet mooi vinden. Ik vind het hele ding niet wat. Het is net een zak die de rotzooi aan de binnenkant binnenhoudt. Maar nog even en ik ben opgelost. Dan ben ik alleen een herinnering aan een lichaam.

Dat lijkt me mooi.

9 DECEMBER

Staand douchen ging allang niet meer. Het doet te veel pijn. Maar zitten gaat nu ook niet meer, want ik kom niet meer overeind. Ik had een tactiek om omhoog te komen door me op te trekken aan het ingebouwde zeepbakje, maar mijn armen redden dat niet meer.

Nu was ik me met een washand. Gaat goed en is niet half zo vermoeiend. Het is ook sneller, zodat ik langer in bed kan blijven liggen. Alleen mijn haar wassen is een hele toer. Zo vooroverhangen is heel naar. Ik word er duizelig van. Mijn nek doet pijn en het is bijna niet vol te houden.

Misschien moet ik het zittend op een stoel proberen. Kan ik ook niet meer flauwvallen. Dat is een goed idee.

Ik lig op de bank in de woonkamer. Ben ziek thuis. Griep, denken ze. Mieke heeft een vrije middag en we kijken samen televisie.

We zagen in een film hoe ze de maag van een meisje leegpompten omdat ze te veel medicijnen geslikt had.

'Ze moesten dat kind een schop onder d'r kont geven,' zei mijn moeder.

De slang werd naar binnen gepropt. De arts stond op haar te schelden.

'Terecht,' zei Mieke. Want dat meisje had alles. Lieve ouders, lieve zussen en ze deed het goed op school.

'Ze had naar die documentaire van gisteren moeten kijken,' zei Mieke.

We hadden een tv-programma gezien over een man die in de oorlog al zijn familieleden verloren had. Zijn vrouw en kinderen. Zijn ouders. Zijn nichten en neven. Hij had alleen nog ergens ver weg een oud en bijna dood achternichtje wonen. Toch bleef hij positief.

In ieder geval krijg ik geen schop onder mijn kont.

Want... ik heb een flesje verdoezelaar waar ik elke dag iets van opspray. Het maakt me een topleugenaar. Ik glimlach. Ik straal. Ik straal dwars door de ziekte heen.

Fay staat op, loopt naar de wasbak om koud water over haar polsen te laten stromen. Vervolgens houdt ze haar hoofd onder de kraan.

'Mijn hemel.'

Tegen haar spiegelbeeld zegt ze: 'Mag ik je voorstellen aan Meije. Ze is anders dan je denkt. Je kunt leuk met haar praten, maar denk niet dat ze dan echt iets over zichzelf verteld heeft.

Godverdomme!'

Heb Fee ge-sms't en die heeft ook 'griep'! Nu sms'en we de hele tijd.

Zij ligt op de bank beneden onder een deken naar soaps te kijken met haar moeder.

Maar Mieke en papa zijn op hun werk. Lig ik toch alleen dood te gaan... Had me het anders voorgesteld.

'Hè, wat zielig nou,' zegt Fay.

Ik kan niet meer.

Volgens mij ben ik helemaal hol aan de binnenkant. Als ik ooit onderzocht word dan zullen ze zeggen: 'Dit meisje heeft geen binnenkant.'

Dat zie je ook als je me tegen het licht houdt.

'Je wordt wel mager,' zei Mieke toen ze mijn temperatuur op kwam nemen.

'Nee,' zei ik, 'ik ben gewoon niet dik meer. Je bent die andere Meije gewend.'

'En je bent bleek.'

'Ik heb griep.'

Ze liep brommend weg.

Nu ga ik stoppen met schrijven hoor. Word er moe van.

Ik weet niet wat voor dag het is. Mijn agenda zit in mijn tas, maar die ligt te ver weg. Het is in ieder geval mijn vierde dag dat ik ziek thuis ben en het ziet ernaar uit dat het beter gaat. Het is dus echt griep! De koorts is gezakt, maar ik voel me zo slap. Alsof ik geen botten meer heb om mezelf overeind te houden.

Morgen brengt Mieke me naar school. Moet ik toch weer.

Maar ik kan niet meer. Wil niet meer.

In het ziekenhuis
Het is vijf uur en het is hartstikke donker buiten. Het lijkt wel nacht.

Lig in het ziekenhuis. Ben gevallen op school. Been gebroken. Ambulance.

Ben nu begonnen aan het eind. Eindelijk.

Er ligt een kind naast me. Heel jong. Ze draagt een pet, zo groot dat ze er bijna in verdwijnt. En ze heeft kringen onder haar ogen, groot als een theekopje. Overal staan beertjes, bloemen en kaarten met hartjes. Het lijkt wel een graf.

BLOEDPRIKDAG

Er moest bloed geprikt.
Maar het ging niet.
De arts zei: 'Ik doe het drie keer en als het dan niet lukt haal ik een ander.'
Drie keer ging het mis.
En toen haalde hij een ander.
Toen lukte het wel.
Ze doen maar.
Krijg hier in ieder geval dingen tegen de pijn. Pleisters.

GEEN IDEE WAT VOOR DAG HET IS

Foto's en onderzoeken.
Hoofdschuddende dokters aan mijn bed.
Ben nu weer thuis.
Ben niet meer te behandelen.
Ik heb kanker.

Mijn Mieke blijft kalm.

Is altijd kalm.

Toen Sander zijn duim er bijna af had wikkelde ze er een theedoek omheen.

Zette hem in de auto naar het ziekenhuis.

Papa doet het anders.

Die valt flauw.

In het ziekenhuis ook.

Ik sliep.

Hij zag me in dat bed.

Met infuus.

En daar ging hij.

Vertelde Sander.

Sander zegt niks.

Hij kijkt alleen.

Als een aangeschoten hert.

Met fladderende ogen.

Iedereen is zo geschrokken.

Daar heb ik niet bij nagedacht.

Lastig.

Hij vroeg ook waarom ik zo rustig bleef.

Oei.

'Misschien voelde ik het al.'

Ik zei niet 'wist'.

'Waarom ben je dan niet naar de dokter gegaan?'

'Wilde niet zeuren,' zei ik.

Mama verwijt het zichzelf.

Dat ze me niet eerder naar de dokter gesleept heeft.

Dat ze me aangemoedigd heeft het zelf op te lossen.

Het lijkt alsof ik dingen alleen wil doen, maar dat is niet zo.

Ik wil heel graag hulp.

Maar het kan niet.

'En ik stond voor de klas. Tot drie keer toe. De eerste keer om te vertellen dat je in het ziekenhuis lag. De tweede keer om te vertellen dat je naar huis ging om te sterven. De derde keer om te vertellen dat je overleden was. Weet je wel hoe erg dat was? De stilte in de klas. Ze durfden me amper aan te kijken.

Ik heb gezegd dat je het op eigen kracht wilde doen.

Ik heb je verdedigd. Dat je moedig en dapper was. Ik heb daar staan huilen.

Ze moesten eens weten... Zal ik ze het vertellen? Eerlijk zijn over wie jij eigenlijk bent?

Je was toch al veel langer ziek. Waarom mogen ze dat niet weten?'

Fay wacht, maar Meije geeft geen antwoord.

NATTE SNEEUW BUITEN

Papa leest voor.

Mieke bakt een cake voor mij, voor de geur.

Ik zie de meesjes voor de ramen aan de vetbolletjes hangen.

Klont eronder.

IK WIL NIET!

Ik wil blijven.

Heel soms herstelt iemand zomaar.

Dat kan toch?

'Nou, dat is dan niet gebeurd,' zegt Fay.

DAG VAN DE HERENIGING

Sjaf is terug! Overal heb ik hem gezocht. Ik heb de hele kamer van Sander meerdere keren ondersteboven gekeerd, maar ik kon hem nooit vinden.

Sander gaf hem net terug. Met een grijns van oor tot oor, zo breed dat zijn gezicht bijna in tweeën scheurde.

Ik heb zo gehuild toen hij kwijt was. Ik was acht. Papa wilde een nieuwe kopen, maar dat maakte me alleen nog bozer. Alsof er twee Sjafs zijn!

En nu is hij terug. Kleiner. Kaler. Hij kijkt heel debiel met zijn plat gesabbelde oor. Hij heeft duidelijk een band opgebouwd met zijn ontvoerder.

Sms van Daniël gekregen.
Hij denkt aan me.
Nou, dat is aardig.
Ik maakte me zorgen om hem.
Ik dacht dat hij me vergeten was.
Maar dat is niet zo, want hij denkt aan mij.
Nu is alleen liggen...
en doodgaan...
een stuk minder erg, want er is iemand die aan mij denkt!

WEEKEND?

Ik hoop niet dat de enige echte ware liefde bestaat.
Dan zal hij zich de rest van zijn leven afvragen waar ik blijf.
Zielig.
Vroeger op de basisschool was ik op twee jongens tegelijk.
Bas en David, want ik kon niet kiezen.
Met de één ging ik kleuren.
De ander had een kist met Playmobil.
Ik denk dat ik altijd naar een Bas of een David gezocht heb.
En dat we dan niet meisje en jongetje zouden zijn, maar vriendjes.
Die voor elkaar opkomen.
Die van hetzelfde eten houden.
En die samen op onderzoek gaan.

Volgens mij heb ik Bas verteld dat ik verliefd op hem was.
Hij zat op de wc.

De arts heeft koude handen.
De dikke zuster ruikt naar uitjes.
De rode thuiszorgmevrouw ruikt naar vanille.
En dan is er nog een jongen.
En die is ook zuster.
En die vertelt altijd van alles over de rijen bij de kassa in de supermarkt bijvoorbeeld.
Dat hij altijd de verkeerde rij kiest.
Dat is heel grappig.

Koud buiten, binnen warm

Als er iemand binnenkomt.
In sjaal, muts en dikke jas.
Dan komt er een vlaag lucht mee en die is koud.
Binnen is het warm.

Voor mijn Mieke zijn alle dingen die ze hebben wil.
Voor Sander zijn mijn cd's.
Hij zegt dat hij mijn muziek stom vindt, maar dan moet hij maar beter luisteren.
Papa krijgt mijn gedichtenkladjes, die ik speciaal voor hem bewaard heb.
Fee krijgt mijn fluwelen jurk.
Sjaf gaat weer naar Sander.
En mijn spaargeld is voor de crematie.

Ik schrijf het voor ze op een briefje.
Want ze wilden het niet horen.

Dingen die ik niet zal missen:

Winkelmeisjes die je 'niet zien binnenkomen'.
 Mannen die zich net zichtbaar aan hun kruis krabben.
 Oude vrouwtjes die voordringen (laatst twee keer!).
 Koud douchewater.
 De leegte.
 Zure mandarijnen.
 Een fietsband die pas na de lessen lek blijkt (dan moet je bij de conciërge een plakset halen en dan gaat hij bij het raam staan kijken of het lukt).
 De dunner wordende ozonlaag, daar ben ik mooi van af.
 Gezeur.
 Nog zachte, soppige kauwgom onder je stoel.

Dingen die ik wel zal missen:

Klontje in de ochtend.
 Zoete mandarijnen.
 Papa's hilarische ochtendhaar.
 Fee die me aan het lachen maakt.
 De hele Fee.
 De hele papa.
 Mijn Mieke.
 Mijn bed.
 Sander op een goed moment.
 Gedichten.
 Pindakaas.

'Wat schrijf je?'
 Papa zit op de rand van mijn bed.
 'Niks.'
 'Mag ik het lezen?'

'Nee.'

'Krijg ik een knuffel?'

Maar hij moet me niet stevig vasthouden, dat doet pijn.

Alles doet pijn.

ZELFS-MIJN-WENKBRAUWEN-DOEN-PIJNDAG

Papa komt soms bij mijn bed staan als ik mijn ogen dicht heb.

Hij buigt zich voorover.

Hij is doodsbang dat ik er zomaar tussenuit knijp.

Ik wil uitgestrooid worden in de vijver van het park.

Fee zei dat er dan eendenbeentjes door me heen gaan zwemmen.

Het is altijd leuker als er een eend door je heen zwemt, dan dat de wind je in de snotgrot van een klein kind blaast, denkt Fay. 'Bah!'

Vroeger dacht ik dat het een poort naar een andere wereld was. Net als in dat verhaal van die vier kinderen die door een klerenkast heen gaan.

En dan in een ander land komen.

Ik stak mijn vinger in het water en zag hem niet meer.

Mijn vinger was al in een andere wereld.

Misschien denk ik dat nog steeds wel.

Papa zegt dat het niet mag, uitstrooien in het park.

Maar dat zegt hij omdat hij me liever tussen de lelietjes-van-dalen in de tuin heeft, denk ik.

Ik moet Fee nog laten beloven dat ze dit niet leest.

Met haar hand op haar hart.

DAG VAN DE BINNENREGEN

In de kamer van mijn ziel
zit ik in een hoekje met door de ramen geen licht
Terwijl Buiten aan de deur klopt
valt binnen de regen tegen het plafond
stort het behang van de muren
en schrijf ik dit gedicht.

Toch liever een grappig gedicht:

Was ik maar een koudbloedig dier
Dan werd ik
Niet koud of warm
Van het kleinste verdriet of het grootste plezier

Ze gaan allebei over mij,
terwijl ze toch zo verschillend zijn.
Het ene is dramatisch.
Het andere grappig.
En beide zeggen niks over mij.
Zodra die woorden uit het hoofd zijn,
staan ze wat verloren op een bladzijde.
Binnenin is het anders.
Niet mooi en niet grappig

MIDDEN IN DE WEEK, ONGEVEER

Lig op bed
Luister naar het kloppen van mijn hart
Houd adem in
Hoop dat het stopt
Kan niet meer liegen
Wil niet meer pijn
Ritme stokt

Luister
En... haal adem

Dag zonder Klont, want hij is op stap

Fee zal een nieuwe vriendin krijgen.
   Met wie ze op vakantie gaat.
   Ene Lucie of een Mirjam.
   Die Lucie vraagt dan wie dat meisje op de foto is.
   En dat meisje ben ik dan.
   Fee zegt: 'Dat is een vriendin van vroeger.'
   Nu niet meer vriendin.
   Fee vertelt dat ik gestorven ben aan kanker.
   Rotziekte, en daarom houdt het gesprek op.
   Dan gaan ze poffertjes eten.
   Ik vind Lucie niet leuk.
   Ze gaan op kamers.
   Ze krijgen een studie, een vriend.
   Een baan, een auto en een hond.
   Ik blijf altijd vijftien.
   Blijf altijd de vriendin van vroeger.
   Wil ik niet.
   Ik wil de vriendin van nu zijn.
   Kon tijd maar terug...
   Bleef ik Fees vriendin.
   Tot in bejaardheid.

Fay schudt haar hoofd. 'Als ik een nieuwe vriendin krijg, dan neem ik er eentje die er niet zomaar een eind aan maakt. Eentje die eerlijk is en vrolijk. Maar vooral eerlijk. En dat zal ik eerst testen. Ik weet nog niet hoe, maar dat doe ik wel.'

Ben dapper.
  Zegt iedereen.
  Maar ze kennen laffe Meije niet.
  Die niet durft te praten.
  Die niet naar het ziekenhuis ging.
  Met die brief.
  Hoe heet zo'n brief?
  Zullen ze straks op de crematie zeggen: 'Ze heeft dapper gestreden.'
  Haha.
  Heb wel gestreden.
  Met zwaard en paard.
  Vanaf klein.
  Dat weet niemand.

Het spijt me. Het spijt me echt.

Fays hart bonkt in haar keel als ze het leest. Het maakt haar kwaad, verdrietig en blij tegelijk.
  Kwaad omdat het te laat is. Kwaad omdat zij het niet doorhad. Verdrietig omdat er niks meer aan te doen is en blij, ja blij, omdat Meije het ook moeilijk heeft gevonden.
  Omdat ze het eigenlijk, diep in haar hart, niet zo gewild heeft. Omdat ze het niet kon, maar als er iemand was die haar geholpen had was het anders geweest.
  Meije wilde niet liegen.

Een voor een.
  Papa zei niks.
  Mieke heeft me vastgehouden.
  Sander had zijn nagels eraf gebeten.
  Fee was de enige met een speech.
  Heb ze gezegd dat het me spijt.
  Dat ik van ze hou.

Staan overal kaarsen.
Geen pijn.
Voel me goed.
Wilde uit bed, aan tafel zitten, maar mocht niet.
Zij zitten wel aan tafel.

Eten is op.
  Hoor geen bestek meer.

Voel licht vanbinnen.
  Is wat ik wil.
  Mijn allerliefsten dichtbij.
  Niet bang.

  Geen trein, geen flat.

Ga als een zucht.
  Zo'n zacht stukje wind.
  Zo

Fay slaat de bladzijde om. Ze hoopt dat er toch nog meer in staat, maar de bladzijden zijn leeg, wit.

Ze opent het raam en steekt een sigaret op. Als haar ouders het ruiken heeft ze pech gehad.

Dan leest ze het dagboek nog een keer en nog een keer en nog een keer, en nog een keer. Elke keer staat er hetzelfde, in letters die niet anders dan die van Meije kunnen zijn.

Deel 3

De wekker gaat. Fay hoort haar vader luidruchtig uit bed komen. Hij heeft een uit zijn vel springend ochtendhumeur, en staat altijd mopperend op. Ze hoort haar moeder achter hem aan hollen, haar best doend om de ochtend ondanks zijn humeur zo soepel mogelijk te laten verlopen.

'Waar is mijn koffie,' imiteert Fay haar vader.

Er wordt kort op de deur geklopt en haar moeder komt de kamer binnen. 'Ah, je bent wakker. Kan ik iets voor je doen?'

'Je man wil koffie.'

'Kan ik iets voor jou doen?'

'Ik ben niet verlamd,' zegt Fay.

'Je zit al drie dagen op je kamer.'

'Ik had wat om over na te denken.'

'Vandaag is de crematie.'

'Ben niet debiel.'

Haar moeder wil de kamer weer uit lopen.

'Ma? Als je iemand iets beloofd hebt, hoe erg is het dan als je je daar niet aan houdt?'

'Wat heb je beloofd?'

'Gewoon.'

'Een belofte maak je om te houden, niet om te breken.'

'Stel,' zegt Fay, 'dat jij denkt dat ik drugs gebruik, zou je dan mijn dagboek lezen?'

Haar moeder glimlacht. 'Ja, om eerlijk te zijn zou ik dat doen. Maar dan gaat het om leven en dood. Wie is er aan de drugs?'

'Het is hypothetisch,' zegt Fay. 'Zou je het ook aan een ander vertellen?'

'Ik vind niet dat iedereen het dan moet weten, behalve natuurlijk je vader. En een hulpverlener. Gebruik jij drugs?'

'Het is hypothetisch,' zucht Fay, 'en als het wel zo was dan was jij de laatste aan wie ik het zou vertellen.'

Haar moeder zucht zacht.

'Maar als het nou niet om leven of dood gaat, maar om de waarheid? Zou jij de waarheid voor je kunnen houden?'

'Ik vind dat je moeilijke vragen stelt zo op de vroege ochtend.'

'Het leven ís moeilijk,' zegt Fay.

'De vraag is niet of ík de waarheid voor me zou kunnen houden, maar of jíj dat kunt. Jij alleen weet wat je moet doen.' Ze bekijkt haar dochter. 'Ik heb chocoladecroissants,' zegt ze dan. 'Over vijf minuten haal ik ze uit de oven.' Fays moeder loopt de kamer uit en doet de deur achter zich dicht.

Fay staat op. Ze duwt een cd in de speler en draait de volumeknop op acht. De muziek begint lief, maar al snel scheuren gitaren, keyboard en drums met een razende vaart richting afgrond. Ze spelen precies hoe Fay zich voelt.

'getadelt wird wer Schmerzen kennt
vom Feuer das die Haut verbrennt.'

Als haar vader op de deur bonkt begint ze keihard mee te zingen.

'Ein heisser Schrei!'

Het zingen wordt schreeuwen.

'Feuer frei!'

Het vuur brandt in haar hoofd en de kanaries fladderen krijsend door elkaar.

'Arrgg!' schreeuwt Fay. 'Ik begrijp het niet!'

De wekker komt boven de muziek uit. Fay drukt hem uit. De tijd gaat gewoon verder en zij moet mee.

Ze trekt haar mooiste jurk van dieppaars fluweel aan.

Hij heeft bijna dezelfde kleur als haar haar, waar de verf alweer een beetje uit is.

Ze maakt zich op. Zwart onder haar ogen. Poeder. Paarse lipstick. Haar handen trillen.

Ze pakt de tas die al op haar bureau klaarstaat. De muziek gaat uit. Heeft ze alles?

Fay klost met haar zwarte kistjes de trap af. Aan de lange witte ontbijttafel zit haar vader met een zuur gezicht achter de krant. Haar moeder herschikt bloemen in een vaas. Het klarinetconcert in A van Mozart hangt als een guirlande over hun routineuze bewegingen.

Fay slaat het glas vers geperste sinaasappelsap dat voor haar klaarstaat achterover.

'Neem een croissant,' zegt Fays moeder. Ze knijpt even in de arm van haar dochter, die een kop boven haar uitsteekt. Maar Fay kan geen hap door haar keel krijgen.

Haar vader geeft haar een bemoedigend knikje. Even heeft hij het gezicht van een blozende appel.

'Ik zie je straks,' zegt haar moeder.

Fay trekt haar jas aan.

Buiten is het nat en koud. Ze propt de tas onder de snelbinders van haar fiets. De buurman komt net naar buiten met zijn jonge golden retriever. Hij groet niet, hij begint meteen te praten. 'Wat vreselijk van de dochter van Vinkevleugel,' zegt hij. Met een brok in zijn keel gaat hij verder: 'Mijn zusje is aan leukemie gestorven en mijn moeder aan darmkanker.'

Fay aait de blonde hond, die onrustig aan zijn riem trekt.

'Het is een rotziekte,' zegt de buurman zuur. 'Het is gewoon een rotziekte.'

Dan trekt zijn golden retriever hem mee het park in.

Fay fietst de wijk uit. Langs de villa's. Langs de man van de hondenuitlaatservice, die met wel zeven verschillende honden tegelijk loopt, door de tunnel naar de andere wijk. Ze zou de route met een blinddoek om kunnen rijden en dan toch goed aankomen.

Dat was vroeger een spel van hen tweeën. Nee, eigenlijk was het een spel van Meije. Ze deden een wedstrijd wie het langst met zijn ogen dicht kon fietsen. Doodeng vond Fay het, maar Meije hield het lang vol. Tot het einde van de straat en soms ook onder de brug door. Ze kon oversteken, fietsend maar ook lopend, met haar ogen dicht.

Het huis van Meije ziet er hetzelfde uit als een paar dagen geleden.

Vreemd, denkt Fay, er is een soort van orkaan overheen gegaan, maar daar zie je niks meer van. Het staat er net zo bij als anders. Rustig en onbeschadigd.

Ze zet haar fiets op slot tegen de heg en belt aan. Mieke doet open en valt in Fays armen. 'Fijn dat je er bent.' Dan pakt ze Fay bij haar schouders en houdt haar een eindje van zich af. 'Je blijft komen, hoor!' Het klinkt als een bevel maar het is een noodkreet. 'En dan gewoon achterom.'

'Ik weet ook niet waarom ik aanbelde,' mompelt Fay. Ze loopt altijd achterom. Iedereen kan binnenlopen zonder kloppen of bellen.

Ze loopt achter Mieke aan de gang door. De voorkamer is leeg nu in het hoge bed alleen nog een matras ligt met een bruine plastic hoes eromheen.

Ook Meijes vader omhelst haar. Fay wrijft over zijn gladde, nette overhemd dat hij nog nooit eerder aangehad heeft en dat ook niet bij hem past.

Op het wollen vloerkleed zit Sander. Hij heeft een koptelefoon op en tikt met zijn voet op het kleed op het ritme van de muziek. Het maakt een dof bonkend geluid. Hij kijkt even op als Fay binnenkomt. Hij heeft donkerblauwe kringen onder zijn ogen. Ze knikken kort naar elkaar.

'We hebben haar naar haar eigen kamer gebracht,' zegt Mieke. 'Ga maar kijken.'

Fay loopt met trillende benen naar boven. Ze passeert de kamer van Sander, waarvan de deur openstaat. Midden in de kamer staat een blauwe doos met gouden sterren.

'Een Meijedoos,' mompelt Fay. Ze gaat de kamer van Meije binnen. Op de plaats van het bed staat een witte kist op een baar waar een zacht zoemend geluid onder vandaan komt.

Er wordt over dode mensen gezegd dat het lijkt of ze slapen, maar zo ziet Meije er niet uit. Ze ziet er dood uit. Haar huid is strak en heeft een kleur die ze nog nooit gehad heeft. Een beetje gelig, net als een wassen beeld. En ze is opgemaakt. Ze draagt rouge. Met een trillende vinger probeert Fay het weg te vegen, maar de huid voelt taai aan. Stug en koud. Niet de kou van iemand die vanbuiten komt en je een zoen geeft. Het is ook niet de kou van een toegestoken winterhand, want daar voel je de warmte die eronder zit nog doorheen. Deze kou is kou zonder warme onderlaag. Koud tot op het bot.

'Ik begrijp het niet en ik weet niet wat ik ermee moet,' zegt Fay. 'Snap je dat dit wel erg zwaar voor mij alleen is? Ik weet niet of ik dit in mijn eentje kan.'

'Koffie!' roept de buurvrouw.

Met een hoofd vol trillende kanaries loopt Fay weer naar beneden. De buurvrouw staat in de woonkamer met een blad vol koppen dampende koffie. Papa tikt Sander op zijn schouder.

Sander zet zijn koptelefoon af en trekt Klontje van zijn warme plek voor de verwarming op schoot. Mieke en papa gaan op de bank zitten. Fay gaat in de stoel bij het raam zitten. Ze neemt de kop koffie aan, maar drinken gaat niet. Haar keel zit dicht, haar maag op slot.

'Je moet de brief van de rector nog ondertekenen,' zegt Sander tegen Mieke.

'Is het goed als ik dat morgen doe?'

'Dan vergeet je het.'

'Nee.'

'Jij vergeet altijd...'

'Ik vergeet het niet,' zegt Mieke.

Als de buurvrouw rondgaat met melk en suiker lopen

er vier mannen in rokkostuum door de tuin naar de voordeur. De kraaien. Papa schiet overeind. 'Ze zijn te vroeg,'
zegt hij zenuwachtig.

'Laat mij maar,' zegt de buurvrouw. Ze duwt hem zacht
terug in zijn stoel en loopt de kamer uit. Wat ze zegt is niet
te verstaan. In de kamer is alleen een gedempt gemom-
pel hoorbaar. Sander drukt zijn gezicht in de vacht van de
poes. Papa drinkt kleine slokjes koffie, terwijl Mieke alles
in één teug opdrinkt.

Fay voelt zich een verrader. Zij weet iets wat de anderen
niet weten en ze houdt haar mond.

'Ze rijden nog een blokje om,' zegt de buurvrouw als ze
weer in de kamer staat.

'We kunnen beter nu naar boven gaan,' zegt Mieke. Ze
staat op.

'Ik wil niet,' zegt papa.

Sander geeft hem een arm.

Ze lopen de trap op en gaan in Meijes kamer bij de kist
staan.

Mieke doet haar gouden kettinkje waar een gouden
hartje aan bungelt af.

Fay weet nog dat ze in de tuin zaten met z'n drieën. Mieke, Meije en Fay. Lang geleden.

'Dat krijg ik als ik groot ben,' zei Meije, en ze prikte met
haar wijsvinger in de blote bruine hals van haar moeder.
Tussen de sproeten hing de ketting met het hartje.

Fay had aan de parelketting van haar moeder moeten
denken, die ze lang niet zo mooi vond.

'Ik had het je later willen geven,' zegt Mieke, 'en ik
dacht dat ik daarvoor ook de tijd had.' Ze doet Meije de
ketting om. Ze opent de blouse van haar dochter zodat het
hartje vrij op haar borst komt te liggen.

Papa dreigt onderuit te gaan. Mieke omhelst hem zo
stevig dat hij blijft staan.

Meije! Waarom? denkt Fay.

Maar Meije zegt niks terug. Meije is nergens.

Sander legt een witte roos naast zijn zus in de kist. Ook papa legt een witte roos in de kist. En Mieke. Ze leggen een heel boeket witte rozen neer waar ze van tevoren de doornen vanaf gehaald hebben.

Mieke veegt haar wangen droog en draait zich dan om naar Fay, die nog in de deuropening staat. 'Jij wilde toch nog iets meegeven?'

'O!' roept Fay, 'mijn tas!' Ze rent de kamer uit.

Ze struikelt bijna over haar lange paarse jurk als ze de trap af holt, langs de buurvrouw, naar haar fiets die buiten tegen de heg staat. Ze grist haar tas onder de snelbinders vandaan en holt langs de verbaasde buurvrouw weer naar boven.

'Ik heb meerdere dingen meegenomen,' zegt Fay hijgend als ze weer bij de kist staat. 'Haar favoriete snoepjes.' Ze legt een zak fudge in de kist. 'Een foto van mij, want vanaf een wolk heb je toch niet zo'n scherp zicht.'

Mieke, Papa en Sander lachen, maar Fay hoort het niet. Alles wat ze nu doet heeft ze al honderd keer gerepeteerd in haar hoofd. Het ligt op haar tong, het zit in haar vingers maar komt niet meer uit haar hart. 'Een trui omdat je het zo koud had. Mijn lievelingsring. Het mooiste dat ik had ben ik nu kwijt, dan heb je aan zo'n ring ook niet veel meer.'

In de tas zit nog een doos briefpapier en een pen.

'Je zal wel eenzaam zijn, waar je ook bent. Als je ergens nieuw begint is dat altijd lastig,' mompelt Fay. 'Daarom wilde ik briefpapier en een pen meegeven, zodat je mij kunt schrijven.' Fay legt het naast de gevouwen handen van Meije.

'Prachtig,' zegt papa.

Maar Fay voelt zich een acteur die een ingestudeerde tekst opzegt.

'Heb je nog meer?' vraagt Mieke. Ze ziet dat Fay aarzelt.

'Nee,' zegt Fay. Ze drukt haar tas tegen zich aan.

Er klinken klossende voetstappen op de trap. De kraaien komen de kist dichtmaken.

Als Meijes gezicht achter het witte deksel verdwijnt moeten ze allemaal huilen, behalve Fay. De kanaries krijsen tegen elkaar, nog harder dan een hardrockband. Over de dood. Over het lichaam dat al begonnen is te rotten. Over dat het nooit meer wordt zoals het was. Over dat alles stuk is.

De witte kist wordt dichtgeschroefd, de trap af gedragen en in de auto gezet.

Het regent en het is grauw. Ideaal voor een crematie.

Papa en Mieke rijden met de wagen met de kist mee. Fay en Sander zitten in de auto daarachter. Ze rijden door de stad en stoppen bij het bejaardentehuis. Meijes tante komt met haar en Miekes vader het tehuis uit lopen.

Fay kijkt hoe Mieke, Sander en papa uitstappen. Ze omhelzen en kussen elkaar.

'Wat gaan we doen?' vraagt opa als ze hem naar de auto brengen waar Fay in zit.

Mieke omhelst haar vader. 'Ach, pa,' snikt ze.

'Als hij eens wist,' zegt ze tegen haar zus.

Meijes tante haalt haar schouders op. 'Ik heb het hem vanochtend nog uitgelegd. Misschien is het maar beter zo...'

Ze helpen hem de auto in. Voorin naast de chauffeur. Meijes tante schuift naast Fay op de achterbank. Ze glimlacht naar haar. 'De laatste keer dat ik je zag ving je kikkers uit de sloot. Jij en Meije waren helemaal groen van het kroos.' Nu huilt ze. Haar ogen zijn rood en klein.

Als Sander ingestapt is, rijden ze verder. Fay kijkt uit het raam. Ze heeft het gevoel dat ze naar een film kijkt. Een film over een meisje dat naar een crematie gaat. Met stemmige regen. Met verdrietige figuranten in een grijs landschap.

En zij is de enige die weet waar de film over gaat.

Buiten het rouwgebouw staan honderden mensen met witte bloemen onder hun paraplu te wachten tot ze naar binnen mogen. Het geroezemoes stopt en er valt een doodse stilte als de lijkauto aan komt rijden.

Zes kraaien komen uit het gebouw. De achterklep gaat open en ze nemen de witte kist op hun schouders en dragen Meije naar binnen, gevolgd door Mieke, die gearmd met haar vader loopt, daarachter papa en Sander en ten slotte Fay, die naast Meijes tante loopt.

De zaal van het crematorium is hoog, groot en van wit marmer. Overal staan vazen met witte bloemen.

De kist komt vooraan te staan op een met wit satijn bespannen baar. De stoelen zijn wit. De rouwlinten langs de muren zijn wit. De zaal ziet eruit als de hemel zelf.

Fay gaat tussen Sander en Meijes tante op de eerste rij zitten.

Zonder te praten komen de mensen de zaal binnen. Ze lopen naar de kist, leggen bloemen neer en zoeken daarna een lege stoel.

Sommigen werpen een schichtige blik in de richting van papa, Mieke en Sander. Een paar mensen steken hun hand op als groet, maar de meeste gaan meteen zitten.

Fay ziet dat haar moeder op de achterste rij heeft plaatsgenomen. Ze rommelt in haar handtas.

Haar klasgenoten zijn aan de zijkanten op de grond gaan zitten, omdat al snel alle stoelen bezet zijn. Mickey zwaait naar haar. Hoewel er geen stoel meer over is komen er nog steeds mensen binnen. Ze blijven in de deuropening staan en laten de koude winterlucht naar binnen.

De witte kist dobbert op een zee van witte bloemen.

Een van de kraaien, de hoofdkraai, gaat achter de katheder staan en tikt tegen de microfoon. De tikken zijn in de hele zaal te horen.

'Ik wil iedereen welkom heten op deze treurige bijeenkomst. Ik zie dat het niet voor iedereen mogelijk is te gaan zitten en ik hoop dat de jongeren hun stoel hebben afgestaan aan diegenen die wat moeilijk ter been zijn. Vandaag staat u voor de zware taak afscheid te nemen van Meije

Vinkevleugel. Omdat ze pas vijftien was, bijna zestien, en nog veel jaren voor zich leek te hebben, was het een onfortuinlijke verrassing dat ze getroffen werd door een even zo onfortuinlijke ziekte. Een ziekte die te vroeg een eind maakte aan haar mooie jonge leven.'

'Blabla,' fluistert Sander.

Fay heeft niet gehoord wat de hoofdkraai zei.

'Als eerste wil ik de vader van Meije naar voren vragen om een gedicht voor te dragen.'

Papa loopt naar de katheder. Een jonge kraai zet snel een glas water klaar. Papa neemt meteen een slok.

'Vertrek van dochters,' begint hij, en hij neemt snel weer een slok. De jonge kraai komt aandraven met een kan met water.

> 'Ze moesten inderdaad gaan, ik had het gezien
> aan hun gezichten die langzaam veranderden
> van die van kinderen in die van vrienden,
> van die van vroeger in die van nu.'

Hij leest het rustig voor, zonder slikken of aarzelen, maar het kost hem moeite, dat is te zien. Iedereen houdt zijn adem in.

> 'En gevoeld en geroken als ze me kusten,
> een huid en een haar die niet meer voor mij
> waren bedoeld, niet zoals vroeger,
> toen we de tijd nog hadden.
>
> Er was in ons huis een wereld van verlangen,
> geluk, pijn en verdriet gegroeid, in hun
> kamers waarin ze verzamelden wat ze mee
> zouden nemen, hun herinneringen.
>
> Nu ze weg zijn kijk ik uit hun ramen en zie
> precies dat zelfde uitzicht, precies die

zelfde wereld van twintig jaar her,
toen ik hier kwam wonen.'

Het gedicht is eruit en papa zucht opgelucht. 'Rutger Kopland heeft dit geschreven over volwassen geworden dochters die het huis verlaten,' legt hij uit. 'En Meije,' hij draait zich om naar de kist, 'hoe moeilijk het ook geweest was om je het nest uit te zien vliegen, ik had het graag meegemaakt. Ik had je willen zien studeren, naar het altaar willen brengen. En als ik dan op een oude dag in het bejaardentehuis zat, dan had jij me een warme trui gebracht.'

Hij legt het gedicht op de kist en kruipt snel weg in de omhelzing van Sander en Mieke.

De hoofdkraai neemt weer plaats achter de katheder. 'We zullen nu naar een nummer luisteren dat de overledene graag hoorde,' zegt de hoofdkraai.

De overledene. Het lijk, denkt Fay. Het kreng.

'Listen, do you want to know a secret?
Do you promise not to tell?
Closer, let me whisper in your ear.'

Fay drukt haar nagels in haar handpalmen om niet dwars door de muziek heen te gillen. Haar nagels laten rode maantjes na in het blanke vlees.

'Say the words you long to hear.
I'm in love with you.'

Schattig, denkt Fay. En zo zul je herinnerd worden. Dapper en schattig, en niemand zal ooit weten hoe goed je kon toneelspelen.

Haar hart bonst zo oorverdovend hard dat het wonderbaarlijk is dat niemand er iets van zegt.

Zet je hart eens wat zachter, idioot.

'Jij bent.' Sander stoot haar aan.

Met trillende papbenen staat Fay op en loopt naar voren, met haar tas tegen zich aan gedrukt. Ze blijft staan bij de kist, haalt met trillende vingers het rode boek uit de tas en legt het tussen de bloemen op de kist.

'Dag Meije,' mompelt ze.

Fay loopt naar de katheder.

De jonge kraai springt voor haar en houdt de microfoon vast. 'Staat hij niet te hoog?'

Ze hoort zijn vraag pas als hij alweer een stap achteruit heeft gedaan.

'Ik ga ook een gedicht voordragen,' zegt Fay. 'Een gedicht dat we allebei heel mooi vonden. Vinden. Vonden.' Fay hapt naar adem. Ze kijkt de zaal in naar papa, Mieke en Sander, haar klasgenoten, de directrice van school, de buurvrouw met haar man, Floor en Daniël, haar moeder met een zakdoek en een heleboel gezichten die ze niet kent.

'Voor wie ik liefheb wil ik heten,' mompelt ze, maar het is de laatste zin van het gedicht. Hoe begon het ook alweer? Fay probeert na te denken.

'Eh...'

Een baby begint te huilen. Het galmt door de zaal. De moeder probeert het te sussen door zacht te zingen.

Verdorie, denkt Fay. Ik had een kopie mee moet nemen.

'Het is een gedicht van...' Maar ook op de naam van de schrijfster kan ze niet komen. Meije had het een mooie naam gevonden.

'Eh...'

De baby krijgt een speen en houdt op met huilen.

Gaat de waarheid dan niet boven alles? vraagt een groene kanarie voorzichtig.

Maakt het niet uit wie je kwetst, of je een geheim verklapt of een belofte breekt, vraagt een ander. Is de waarheid iets wat altijd naar boven moet komen?

Ze kunnen eindelijk praten, want het is eindelijk stil. En Fay kan niet anders dan naar ze luisteren.

Is de waarheid niet ons enige houvast? zegt een gele kanarie. Hij houdt zijn kopje schuin, alsof hij wacht op antwoord.

'Geeft niet,' fluistert een kraai in Fays oren en wil haar met zachte dwang richting haar stoel duwen.

Meije was ziek. Maakt het dan uit welke ziekte het precies was? denkt Fay.

Zelfmoord of kanker... zegt een rode kanarie. Hm... Ik vind het nogal uitmaken.

'Het maakt uit,' zegt Fay. Ze zegt het per ongeluk in de microfoon.

Feuer frei! zingen de kanaries.

'Wacht!' roept Fay tegen de kraai. Ze trekt haar arm uit zijn hand.

'Wacht even,' zegt ze in de microfoon. Ze loopt naar de kist, vist het rode boek tussen de bloemen vandaan en loopt terug naar de katheder.

Fay houdt het rode boek omhoog. 'Dit is het dagboek van Meije,' zegt ze. 'Ik heb het haar gegeven op haar laatste verjaardag. Eigenlijk om gedichten in op te schrijven, maar dat heeft ze niet gedaan. Ze heeft het gebruikt als dagboek. Vanaf haar verjaardag heeft ze erin geschreven, tot op de dag dat ze stierf. Ik denk dat ze wilde dat iemand het las,' zegt Fay en ze slaat het boek open. 'Waarom zou je het anders opschrijven? De oude dagboeken, van vroeger, waarvan ze niet wilde dat iemand erin zou lezen, heeft ze verbrand.'

Het is doodstil. Alle ogen zijn op haar gericht.

'Ik wil een paar stukken aan jullie voorlezen. Omdat het moet. Omdat het wel zo eerlijk is.'

Ze ademt diep in en begint.

'10 mei. Vandaag naar de dokter geweest. Hij zei: "Ik zeg het meteen maar. De uitslagen van de bloedtest waren niet goed."

"O? Wat is het dan?"

"Dat kan ik niet zeggen. Ze moeten in het ziekenhuis wat dingen nakijken."

"Is het erg?"

De dokter zuchtte. "Ik kan er nog niet zoveel over zeggen. Ik wil je niet ten onrechte bang maken. Misschien is het niks, maar het is belangrijk dat je zo snel mogelijk een specialist ziet."

Ik hoorde het niet. Ik hoorde het wel.

"Hier is je verwijsbrief. Je kunt meteen langs het ziekenhuis."

Ik knikte.

"Ik hoop dat je het goed kunt vinden met de nieuwe huisarts," zei hij. "Hij is nog jong. Ik zal in ieder geval jouw dossier boven op zijn bureau leggen. Dan weet hij dat het prioriteit heeft."

Ik stond op en stak mijn hand uit. "Veel plezier in het nieuwe huis."

"Sterkte, meid," zei hij en gaf me een hand.

Dit was,' zegt Fay, 'ruim een halfjaar voor ze opgenomen werd in het ziekenhuis.'

Fay gaat meteen verder. 'Dit schreef Meije vier dagen na haar bezoek aan de huisarts.

14 mei: Ik heb de verwijsbrief in duizend kleine stukjes gescheurd. Daarna heb ik ze in mijn prullenmand verbrand. De binnenkant is helemaal zwart.

Stel dat ik zieker word, en misschien wel zo ziek dat ik eraan doodga, zou ik dat erg vinden?'

Het is doodstil in de zaal. Mieke, papa en Sander kijken Fay verbaasd aan.

'Meije is niet meer naar het ziekenhuis gegaan. Ze heeft zich niet verder laten onderzoeken.' Fay haalt haar neus op en zucht. 'En we weten nu hoe ziek ze toen al was.'

Ze kijkt de zaal in alsof ze verwacht dat er iemand: 'Hou

124

op met die flauwekul!' zal roepen, maar dat gebeurt niet. Iedereen is stil.

'Dit schreef ze voor de zomervakantie:

Ik wil niet meer. Ik wil niet meer. Ik wil niet meer. Ik wil niet meer. Ik wil niet meer. Ik wil niet meer.

Ik heb niet gevraagd om te leven.

Ik wil niet meer. Ik wil niet meer. Ik wil niet meer. Ik wil niet meer.'

Fay stopt. 'Bladzijden vol en ik wist dit niet. Dit heeft ze me nooit verteld.'

Haar ogen ontmoeten die van Meijes vader. Stop zeggen zijn ogen, maar nu moet ze door. Zij is nu de stem van Meije.

'30 mei. Ik heb een plan. Het is briljant, al zeg ik het zelf.

Het zit zo: ik voel me nergens thuis. Niet in mijn lichaam, niet op mijn kamer, niet in dit huis, niet in dit land. En ook niet op de wereld...

Dat had ik al toen ik klein was.

Dat er te veel ellende op de wereld is. Dat ik hier niet hoor. Dat vooral. Ik pas hier niet.

Volgens mij is het meer dan dat. Maar ik weet niet hoe ik dat uit moet leggen. Ik kan het wel vertellen, maar ze kunnen het niet voelen en dan zullen ze het ook nooit begrijpen.

Ik ben gestopt met uitleggen en ben begonnen met liegen. Het gaat goed met mij. Al maandenlang.'

Fay kijkt de zaal in. Iedereen staart haar aan. Sommigen met open mond.

'Ik zou voor een trein kunnen springen. Maar dat is rottig voor de machinist. Laten we eerlijk zijn, organen horen aan de binnenkant.

Ik heb eraan gedacht om van een hoge flat te springen. Aan de rand van de stad staan er drie. Je kan zo naar boven en van de hoogste verdieping ben je zo weer beneden. Maar ook dat geeft troep.

En niet alleen die troep, maar ook dat je moet liegen.

"Ik ga even fietsen. Ben zo terug."

Dat je geen afscheid kunt nemen. Dat je het helemaal in je eentje moet doen, en dat terwijl je weet dat iedereen boos op je zal zijn.

Dat wil ik niet. Ik wil sterven in een bed waar iedereen omheen zit. Ik wil afscheid kunnen nemen. Ik wil dat ze boos op de ziekte zijn en niet op mij.

Als ik nu niet naar het ziekenhuis ga, en ik ben echt ziek, dan wordt het alleen nog maar erger. En als mijn lichaam dan uiteindelijk zo ziek en uitgeput is, dan is het vast te laat voor een behandeling. En dan ga ik dood!

Dan mag ik thuis sterven op de manier die ik wil. Met iedereen om mijn bed en niet alleen, lopend langs het spoor of staand aan de rand van een dak...'

Het is doodstil in de zaal. Als je niet beter wist zou je denken dat er niemand ademhaalde.

'Een leven dat er aan de buitenkant wel aardig uitziet, maar dat aan de binnenkant een hel is.

Vandaar mijn plan. De ziekte mag dit leven stoppen, wat mij betreft.

Het is alleen jammer dat ik ook nu moet liegen.

Verder vind ik het geniaal, zei het genie onbescheiden over zichzelf.'

'Meije wist dat ze ziek was. Ze heeft ervoor gekozen om het niet te laten behandelen en om eraan te sterven. Ik wil niet de enige zijn die dit weet. Dat kan ik niet,' zegt Fay.

'Drie dagen lang was ik de enige die het wist!' Haar ogen

zoeken die van haar moeder. Ze ziet dat haar moeder haar tranen wegveegt met een zakdoek.

'Een keer heb ik gedroomd dat ze bij het graf stonden. Mama, papa en Sander. Ik hoorde ze huilen. Papa brak bijna in tweeën, mama zakte schreeuwend in de grond en Sander werd zwart vanbinnen.

Het deed gewoon pijn aan mijn oren, pijn aan mijn ogen zo diep en ver als het ging.

Dat was heel naar.

Ik wil er niet aan denken wat de gevolgen zijn, want ik heb geen verdriet meer over.'

'Waarom heb ik het niet gezien? Waarom kon ze me niet vertrouwen? Ze heeft het me niet durven vertellen.'

Tranen glijden over Fays wangen. 'Ik had haar kunnen helpen,' piept ze. 'Ik had haar moeten helpen.'

Haar gehuil wordt door de microfoon de zaal in gedragen. Maar iedereen zit als bevroren op zijn stoel.

Fay begint hikkend te huilen. De kraaien draaien verward om elkaar heen en vragen elkaar wat ze moeten doen.

'Ik heb het opnieuw en opnieuw gelezen,' snikt Fay. 'Ik wilde snappen wat er in haar hoofd omging.' Ze veegt met haar mouw langs haar neus. Nood breekt wet.

'Maar ik snap het niet! Ik begrijp het niet!'

Papa zit voorovergebogen met zijn handen over zijn oren. Mieke staart voor zich uit en Sander kijkt haar strak aan. Hij wil meer horen.

'Ik huil en dat is makkelijk. Ik ben niet meer dan een zak vol tranen. Je hoeft maar licht op mij te drukken en ze komen er uit.

Eén voor één. En maak meteen nieuwe aan.

Ik had haar moeten helpen. Ik was er toch?'

Fay bladert snotterend verder in het rode boek. Op dat

moment worden de mensen in de deuropening naar binnen geduwd. Buiten staat een nieuwe stoet rouwenden met een nieuwe overledene in een eikenhouten kist.

De jonge kraai komt naast haar staan. 'Ik moet u helaas onderbreken, anders komen we niet uit met de tijd,' zegt hij op zijn horloge wijzend.

'Laat dat meisje verder gaan met lezen!' roept iemand uit de zaal.

Fay kijkt op maar ze kan niet zien wie het is. Het is iemand van school.

'Dit schreef ze op één van haar laatste dagen.

Als ik veilig daar ben,
zal ik naar ze kijken
Of het goed met ze gaat
Of ze de dingen doen die ze altijd wilden doen
Of ze gelukkig zijn
De hele dag zal ik naar ze kijken.'

De hoofdkraai snelt toe en sist zijn collega in het oor dat hij iets vergeet. 'De huishoudelijke mededelingen!' Tegen de jonge kraai sist hij: 'Houd de nieuwe afspraak tegen.'

De stilte is verdwenen en iedereen praat en huilt. De baby begint te brullen.

'Briljant,' moppert de hoofdkraai. Hij loopt naar de microfoon.

De mensen die op de stoelen zaten zijn opgestaan. De poten schrapen over de vloer.

'Ik verzoek u allen...' schreeuwt hij de zaal in. Niemand luistert. Iedereen wil weten of het waar is. De mensen die bij papa en Mieke in de buurt zitten, vragen aan hen of het verhaal van Fay klopt. Papa probeert Mieke weg te leiden naar de koffiekamer. Wat niet lukt. Mensen van links willen naar rechts en mensen van rechts willen naar links.

De eikenhouten kist met de nieuwe overledene wordt verder naar binnen geduwd. Achterin de rouwzaal staat iedereen hutje mutje op elkaar gepakt. De dragers komen klem te staan en kijken besluiteloos achterom.

'Wij moeten terug!' schreeuwen ze tegen de nieuwe stoet rouwenden die niet buiten in de regen willen blijven staan en proberen zo snel mogelijk naar binnen te komen. 'Ze zijn nog niet klaar.'

'Ik verzoek u allen...' schreeuwt de hoofdkraai, 'om naar de koffiekamer te gaan.' Hij wijst naar de zijvleugel. 'De koffiekamer!'

In het gedrang naar de koffiekamer valt een vrouw flauw.

De jonge kraai probeert zich een weg door de mensen-massa heen te banen. 'Aan de kant!' roept hij. Maar niemand kan een kant op.

Fay staat nog achter de katheder. Ze kijkt naar de film die zich voor haar neus afspeelt. Achter haar hoort ze de kraaien kibbelend heen en weer rennen.

'De kist moet nog zakken.'

'Dat doen we straks wel.'

'Waar moet die nieuwe dan?'

'Die moet naar buiten.'

'Is er een dokter in de zaal?' roept een man die naast de flauwgevallen vrouw op de grond zit.

De baby zet het op een krijsen.

'Kunt u allen gaan zitten?!' roept de hoofdkraai.

Ineens staat Sander naast Fay. Ze heeft niet gezien hoe hij zich tegen de stroom in naar de katheder gewrongen had.

'Ik heb al die tijd gedacht dat het aan mij lag,' zegt Sander hees. 'Dat ik het niet goed deed.' Hij bijt op de binnen-kant van zijn wang. 'En nu valt alles ineens op zijn plaats. Waarom ze nooit mee wilde. Waarom je niks tegen haar durfde te zeggen omdat je bang was dat ze in zou storten. Waarom ze alle aandacht kreeg. Dat ze moest huilen als ik straf kreeg. Dat ze niet uitging. Alles. Alles valt op zijn plek.'

'Ben je niet kwaad dan?' vraagt Fay.

'Enorm kwaad,' zegt Sander. 'Verdrietig en nu ook opgelucht. Ik voel het allemaal tegelijkertijd. Mag ik het lezen?' Hij wijst naar het rode boek.

Fay geeft het aan hem.

Hij slaat het open. 'Het is haar handschrift.'

'Dacht je dat ik het verzonnen had?'

'Wie verzint er nou zoiets.'

'Meije zou het kunnen.'

'Absurd.'

'Of geniaal?'

'Moet je nou kijken,' zegt Sander. Een aantal mensen verdringt zich om papa en Mieke om hen te condoleren. Mieke ziet wit en huilt.

Sander drukt het boek tegen zich aan en springt de mensenmassa weer in om zijn ouders te redden.

'Wees er voorzichtig mee,' mompelt Fay.

'Dat zal hij zeker zijn,' klinkt het in haar hoofd. Het is geen kanarie die dat zegt. Het is Meije. Ze is op een stokje in het hoofd van Fay gekropen, waar ze een plek probeert te veroveren tussen de kanaries. 'Het is hier wel krap,' zegt ze.

'Had je maar niet dood moeten gaan,' zegt Fay. 'Eenmaal dood kom je in hoofden van de overgeblevenen te wonen en bij mij zitten daar allemaal kanaries.'

'Hm,' zegt Meije.

'Blij dat je er weer bent.'

'Ik heb je gemist.'

'Ik jou ook. Het zijn zulke rare dagen en ik heb iets gedaan wat ik misschien beter niet had kunnen doen.'

'Het is best raar om dood te zijn,' zegt Meije en ze maakt een beetje ruimte voor zichzelf door de kanaries wat tegen elkaar aan te duwen.

Fay stapt achter de katheder vandaan en gaat naast de kist zitten.

'Hé, mijn kist staat er nog!' roept Meije uit. 'Wat een chaos.'

'We missen een genie.'

Fay speelt met een witte orchidee. Ze drukt hem fijn zodat het sap langs haar vingers loopt en op haar jurk drupt.

'Het spijt me.'

'Dat weet ik.'

Als Fay in deel 1 de school binnenloopt, neuriet ze 'Ich will' van Rammstein. In deel 3 luistert ze naar 'Feuer frei' van dezelfde groep. Beide nummers komen van de cd *Mutter*.

Op haar kamer zingt Fay mee met het nummer 'Bring me to life' van Evanescence, van de cd *Fallen*.

De gedichten zonder titel maar met de beginregels: 'mijn moeder is mijn naam vergeten' en 'het was donderdag' komen uit de dichtbundel *Voor wie ik liefheb wil ik heten*, geschreven door Neeltje Maria Min.

De gedichten 'Drie huilende uilen' en 'Veertien uilen' komen uit *Ziezo* van Annie M. G. Schmidt.

'Wat een geluk dat niemand weet, dat ik Repelsteeltje heet' is een citaat uit het sprookje Repelsteeltje van de gebroeders Grimm.

'Vertrek van dochters' is van Rutger Kopland en heb ik uit de bundel *Geluk is gevaarlijk*.
   Het gedicht 'Drie minuten' is van dezelfde schrijver en komt uit *Alles op de fiets*.

'Do you want to know a secret' is geschreven door Lennon en McCartney en komt van de cd *Ay fond kiss*, uitgevoerd door Fairground Attraction.